JN178166

集英社オレンジ文庫

下鴨アンティーク

白鳥と紫式部

白川紺子

下鴨アンティーク

白鳥と紫式部

目次

登場人物紹介

野々宮《ののみや》 鹿乃《かの》

高校生。両親を早くに亡くし、祖母に育てられた。
アンティーク着物を愛しており、休日によく着ている。
祖母が蔵に残した〝いわくつき〟の着物の管理を引き継いだ。

野々宮《ののみや》 良鷹《よしたか》

鹿乃の兄。ぐうたらな性格で、「いいのは顔と頭だけ」と揶揄されている。
実際、友人は慧ひとり。古美術商を営んでおり、その眼は確か。

八島《やしま》 慧《けい》

良鷹の友人。近所の大学で近世文学を教えている若き准教授。
長らく野々宮家の離れに居候していた。いまは父親とふたりで暮らしている。

野々宮《ののみや》 芙二子《ふじこ》

鹿乃と良鷹の祖母。
〝いわくつき〟の着物を預かり、蔵で管理していたようだが……？

三輪《みわ》 梨々子《りりこ》 & 鉢木《はちのき》 奈緒《なお》

鹿乃の友達。
梨々子はふわふわボブと赤いフレームの眼鏡がトレードマークのおおらかな少女。
奈緒は校内きってのクールビューティー。ストレートの黒髪と涼やかな目元が印象的。

石橋《いしばし》 春野《はるの》

着物の謎を調べるうちに知り合った大学生。
北白川の洋館に住み、薔薇を育てている。すらりとした長身で物静かな佇まい。
冬に鹿乃に告白したが断られ、身を引いた。

イラスト　井上のきあ

雛の鈴

床の間に、桃の花弁がすこしばかり落ちている。鼓胴《こどう》の花入れに生けた桃の枝から、散りこぼれたものだ。そのうしろの壁には、立ち雛《びな》を描いた掛け軸がかかっていた。

「鹿乃《かの》ん家《ち》やったら、古くて立派なお雛さまがありそうやのに、ないんやもんなあ」

薄焼き玉子で包んだ手毬寿司《てまりずし》を頬《ほお》張りながら、梨々子《りりこ》が言った。トレードマークの赤いフレームの眼鏡《めがね》を今日は外して、白地に貝合わせの貝と貝桶《かいおけ》を描いた着物に、桃の花の帯を締めている。

「うちに人形を置いとくと、よくないいいい、いいものが入りこむから、あかんのやてお祖母《ばあ》ちゃんが言うとった」

鹿乃は、お重から高菜で包んだ寿司を皿にとる。桃色地に橘《たちばな》、桜などの花の丸模様の着物に身を包み、笛や小鼓《こつづみ》を刺繍《ししゅう》した帯を合わせていた。いつもは三つ編みにする髪をうしろでまとめて、縮緬《ちりめん》のリボンをつけている。

「入りこむのがいいものであっても、なんかいやだよね」

と言ったのは奈緒《なお》だ。蛤《はまぐり》の吸い物に口をつける奈緒は、常盤緑《ときわみどり》の地に檜扇《ひおうぎ》を描いた着物、それに御所車《ごしょぐるま》の帯という雅《みやび》な出で立ちで、どこかノーブルな雰囲気のある彼女によく似合っている。つややかな長い黒髪をおろしたままにして、彼女自身が日本人形のようだった。

「いいもんやったら、ええんやないの」

梨々子があっけらかんと言う。

「ひとのいいおじさんの魂《たましい》が入りこんで、人形がいきなりおじさんの声でしゃべりだしたら、いやでしょ」

想像するように鹿乃も梨々子も宙を見あげて、噴きだした。「いや、おもろいやん」と梨々子は笑い転げている。

日曜日、桃の節句には数日早かったが、鹿乃たちは野々宮《ののみや》家の座敷で雛祭りに興じていた。この屋敷は大正《たいしょう》時代に建てられた洋館だが、なかの造りは和洋折衷《せっちゅう》になっていて、座敷もあれば、床の間もある。梨々子が言ったように野々宮家に雛人形はないので、掛け軸を飾り、鹿乃たち自身が雛祭りを模したコーディネートに身を包んでいた。

「雛人形はなくても、あたしらが女雛《めびな》みたいなもんやな」

梨々子が言うと、

「お内裏《だいり》さまが足りないけどね」

と奈緒は言う。

「お兄ちゃんでもつれてくる？　えらいぐうたらなお内裏さまになるけど」

鹿乃の歳《とし》の離れた兄、良鷹《よしたか》は今日もだらだらと広間のソファに寝そべっている。さきほど鹿乃たちが作った手毬寿司を持っていったら、雛あられをつまみに白酒を飲んでいた。

「八島《やしま》さんは来ないの？」

「今日は女の子のお祭りやもん」

「せっかくの日曜やのに。慧《けい》ちゃん、さびしがってるんとちゃう？」

「鹿乃もね」

にやにや笑うふたりに、鹿乃は黙って顔を赤くする。八島慧は良鷹の貴重な友人であり、野々宮家の十年来の下宿人だったが、すこし前にここを出ていった。怪我をした父親と同居するためだったが、鹿乃とつきあいはじめたからでもある。ひとつ屋根の下で暮らすのはよくないと言うのだ。

「あ、誰か来はった」

呼び鈴が鳴ったのを幸いに、鹿乃は立ちあがる。急いで座敷を出ると、階下の玄関に向かった。玄関には広間のほうが近いが、ひと嫌いの良鷹は来客の応対になど出ない。が、このときは違った。階段から下をのぞきこむと、良鷹が玄関の扉を開けている。めずらしい、と思えば、来客は慧だった。

「慧ちゃん！」

鹿乃は跳ねるように階段をおりる。駆けよってきた鹿乃に、慧はまぶしそうに目を細めた。

「どうしたん？」

「今日、雛祭りやってるんだろ。差し入れ」

そう言って慧は紙袋をさしだした。ちらりとのぞけば、引千切《ひちぎり》を買ってきてくれたようだ。雛祭りに京都《きようと》で食べられる菓子である。ちぎった餅《もち》の上に餡《あん》やきんとんがのっている、かわいらしい菓子だ。

「ありがとう」と顔を輝かせた鹿乃の両脇から、梨々子と奈緒が紙袋をのぞきこむ。慧ちゃん、と鹿乃が声をあげたから、彼女たちもついてきたらしい。

「食後に甘いもんが欲しいと思てたんや。慧ちゃん、気がきくな」

「引千切って、わたし食べたことないんですよね。ありがとうございます」

「あ、ああ……」

梨々子も奈緒も笑顔だが、慧はちょっとたじろいでいる。慧と鹿乃がつきあうことになった背景には、梨々子と奈緒がはっぱをかけてくれたおかげもあるので、慧はこのふたりに頭があがらない。

「慧ちゃん、お昼食べた？　手毬寿司あるけど、一緒に食べる？」

「いや、俺は――」

「慧は俺と碁《ご》を打ちに来たんや」

良鷹がそっけなく言い、「行くで」と慧をうながす。ええ、と鹿乃は眉をさげた。

「せっかく来てくれたのに」

「雛祭りは男子禁制やろ。おまえらだけで楽しんだらええやないか」

「鹿乃、あとで――」

「はよ来い」

「ちょっと、お兄ちゃん！」

鹿乃に話しかけようとする慧を、良鷹はさっさとつれていってしまう。ひどい、と鹿乃はむくれた。

「良鷹さんて、鹿乃と慧ちゃんのこと、反対してるん？」

「そういうわけやないけど……」

むしろ、協力してくれたのだ。それなのに、最近は妙に慧とのあいだを邪魔してくるような気が鹿乃はしていた。

「さびしいんじゃない？　八島さんに鹿乃をとられてさ」

「慧ちゃんがここを出てったのもさびしいんとちゃうやろか。友だちなんやし」

複雑な心境なのだろう、と梨々子と奈緒は結論づけた。

「良鷹さんのこと、労《いたわ》ったりや、鹿乃」

「う……うん」

どうやって、と思いつつ、鹿乃はうなずいた。

引千切を食べ終えた梨々子と奈緒は、「せっかく慧ちゃんが来てるのに、邪魔したら悪いやろ」と言って、まだ陽《ひ》が高いうちに帰っていった。しかし、慧は良鷹との対局が白熱しているのか、広間から出てこない。鹿乃は自分の部屋に戻ると、机の抽斗《ひきだし》から目録をとりだした。祖母の手による、蔵《くら》に収められた着物の目録である。ただの着物ではない。不思議なことを引き起こす、いわくつきの着物だった。その着物たちに秘められた想《おも》いをひもとき、鎮《しず》めるのが祖母から託された鹿乃の役目だ。

「あともうすこし……」

目録を眺めて、鹿乃はつぶやく。蔵からまだ出していない着物や帯は、あと二枚になっていた。

「この帯、出してみよかな」

鹿乃は目録に綴《つづ》られた祖母の字をなぞる。抽斗から蔵の鍵をとりだすと、鹿乃は椅子《いす》から立ちあがった。

蔵はいつ入っても薄暗く、ひんやりしている。気温が低いというより、胸の奥がしんと冷える感じだ。鹿乃は桐簞笥《きりだんす》に近づくと、帯の入っている抽斗を開けた。

たとう紙に手を伸ばした鹿乃は、つと動きをとめる。辺りを見まわした。

「……鈴の音……？」

ころ、ころ、と、涼やかだが、どこかくぐもった鈴の音がする。金の鈴の、高らかな澄《す》んだ音ではない。しかし、土鈴《どれい》の乾いた硬い音とも違う。

鹿乃は開けた抽斗を見つめる。ここに収められたものには、泣き声の聞こえる襦袢《じゆばん》もあれば、雷《かみなり》の鳴る帯もある。鈴の音なら、まだかわいいくらいだ。鹿乃は抽斗から、目当ての帯をとりだす。たとう紙を開くと、鈴の音はよりはっきりと聞こえてくる。この帯とかかわりがあるのだ、しかし――。鹿乃は帯の表と裏を確認して、首をかしげた。

「鈴の柄《がら》でもないのに……」

帯は、表と裏の両方に柄のある、両面帯《りようめんおび》だった。片側は、手毬の刺繍。もう片側には、立ち雛の刺繍。どちらの刺繍も、手がこんでいる。鹿乃は袂《たもと》から目録をとりだした。

《鈴の音　手毬立ち雛柄両面帯　瓜生槇子《うりゆうまきこ》》

手毬に立ち雛とあるから、これがこの帯をさしているのは間違いない。そして、鈴の音という名前。やはり、この音は鈴の音なのだ。だが、鈴の柄でもないのになぜこんな音がするのだろう。

ともかく鹿乃は、帯を母屋《おもや》の広間へと運んだ。蔵を出ると、庭の隅に白猫が一匹、うずくまっているのに気づいた。

「白露《しらつゆ》」

鹿乃は足をとめて、声をかける。蔵の着物から抜けでた、祖母ゆかりの猫である。つぼみのふくらみはじめた雪柳《ゆきやなぎ》のかたわらに座り、白露はじっと鹿乃を見つめていた。かと思うと、ふいと身を翻《ひるがえ》し、雪柳の陰《かげ》に消えてしまった。あいかわらず、気ままな猫だ。

母屋に入ると、広間では慧と良鷹が向かい合い、まだ碁を打っている。いつまでやるつもりだろう。鹿乃はテーブルにのせられた碁盤を腕でちょっと押して、たとう紙を置いた。

「おい、石がずれるやろ」

良鷹が碁盤を押さえて文句を言うのを無視して、鹿乃は帯をとりだす。

「……ん?」

慧が顔をあげる。「なにか音がしないか?」

ああ、と良鷹も気づいたように辺りを見まわす。「鈴の音?」

「帯が鳴らしてるんや」

鹿乃は広間の隅に置いてあった衣桁《いこう》を持ってきて、それに帯をかける。

「その帯が?」

けげんそうに言って、良鷹は近づいてくる。「手毬の柄やないか」

「裏は立ち雛や」

と、鹿乃は帯をめくる。腹とお太鼓《たいこ》になる部分に、おなじような一対の立ち雛がそれぞれ刺繍されていた。

「すごい刺繍だな」と慧も良鷹の隣に立って帯を眺める。「ここまでびっしり刺繍されてると、執念みたいなものを感じるが」

慧が言うのは、手毬柄のほうだろう。全面に、いくつもの手毬がひとつ、ひとつ、模様の細かなところまで精緻《せいち》に刺繍されている。これだけのものを刺すには、どれだけ手間がかかるか知れない。美しいが、なにか切々とした感情が、その向こうからにじみでてくるようだった。

「お雛さまは、きれいな顔してはる」

鹿乃は立ち雛の刺繍を眺める。女雛も男雛《おびな》も、ふっくらとした上品な顔つきをしていた。やわらかな、やさしい表情だ。これを刺したひとのやさしさを感じる。

「なんで鈴の音なんやろな」

言いながら、鹿乃は目録を広げる。瓜生槇子、の名を再度確認した。良鷹と慧も目録をのぞきこみ、その名前をつぶやく。

「変わった苗字《みようじ》やけど、聞き覚えはないいな」

「お祖母ちゃんの知り合いやろか」

「まず住所録を見てみるか」

こういうとき、たいてい祖母・芙二子《ふじこ》の作った住所録から調べる。祖母の知り合いなら、そこに名が載っている。電話台から住所録を持ってきて見ていったが、〈う〉の項に瓜生槙子の名はなかった。がっかりしつつ、ぱらぱらとめくっていた鹿乃は、手をとめる。

「あっ」

〈う〉ではなく、〈こ〉のところで瓜生の名が目に飛びこんできたのだ。

《小村《こむら》（瓜生）千賀子《ちかこ》》

とそこには書いてあった。

「小村……千賀子さん？」

目録にある《槙子》ではない。

「この《瓜生》は、旧姓なんだろうな」

「ほな、女学校時代の知り合いやろか」

つぎは芙二子の卒業生名簿を持ってくる。おなじ名前がそこにあった。

「やっぱり、女学校の同級生やったんや。《槙子》さんやないけど、このひとがあの帯を持ってきたんやろか」

訊《き》いてみればわかることなので、鹿乃は当人に電話をかけてみることにする。呼び出し音をいくらも聞かないうちに、相手は電話に出た。はい、もしもし、と聞こえてきた声は、老婦人のものだ。電話をよこした相手への警戒と、よそゆきの愛想《あいそ》が混じった、硬くて高い声だった。

「野々宮と申しますが、小村さんのお宅ですか?」

「ええ、そうですけど……」と、電話の向こうではけげんそうな声になる。

「千賀子さんはいらっしゃいますか」

「わたしですけど、あんたさん、どちらさんて言わはりました?」

「野々宮です。女学校で同級生やった野々宮芙二子の孫で——」

「芙二子さんの」

千賀子の声がこわばり、一瞬、息をのんだのがわかった。

「なんの用です?」

声が石のように硬くなり、たたきつけるものに変わる。鹿乃はちょっと驚いて、言葉につまった。

「いえ、あの、槇子さんの帯のことで、お聞きしたいことがあって——」

焦って説明しようとして、しどろもどろになったが、電話の向こうから「母の帯?」という声が聞こえた。

瓜生槙子というのは、千賀子の母親のことなのだ。と鹿乃は理解した。

「あの帯やったら、芙二子さんにあげたもんや。あげたからには、わたしにはもうかかわりのないことや」

「えっ……」

「いまさら、なんやの。芙二子さんとはもうかかわりたないて、あのとき言うたやないの。孫かなんか知らんけど、電話なんかしてこられても困るわ」

そう言ったか言わないかのうちに、受話器をたたきつけるような音とともに電話は切れた。鹿乃は受話器を耳から離し、しばし呆然《ぼうぜん》とする。

「なんだって?」と慧に電話の内容を訊かれても、うまく答えられない。

「……お祖母ちゃんとはもうかかわりたないて言うたのに、って……電話されても困る、て言うてはった」

千賀子の声には、芙二子への明確な拒絶があった。

「お祖母ちゃんと、なんかあったんやろか……」

これでは、帯について訊くどころの話ではない。鹿乃は広間に戻り、帯を眺めて息をついた。ころ、ころ、といまもひそやかな鈴の音は聞こえている。

「瓜生槙子さんというのは、千賀子さんの何なんだ?」

慧に訊かれ、「お母さんやて」と答える。

「『母の帯』やて言うてはった。でも、お祖母ちゃんにあげたもんなんやから、もう自分には関係ない、って」

「へえ……」

慧は考えこんでいる。良鷹はソファの背に頬杖をついて帯を眺めていたが、「なんでこの柄なんやろな」と言った。

「手毬は子供のおもちゃやし、鈴の音は魔除けで、雛人形も……」

良鷹はふと言葉をとめて、立ちあがる。帯をめくり、立ち雛の刺繡をじっと見つめた。

「どうかしたん?」

鹿乃が訊いたが、良鷹はものも言わず急に部屋を出ていった。何なん、と鹿乃は面食らうが、寝そべっていたソファを離れて活動しだしたので、よしとする。

鹿乃も帯の前を離れ、テラスに面した窓に向かう。窓を開けて外に出ると、庭を見まわした。白露がいないだろうか、と思ったのだ。鹿乃はしゃがみこみ、さきほど白露がいた雪柳の辺りをぼんやり眺める。

「お祖母ちゃん、千賀子さんとなにがあったん……?」

問いかけても、答える声はない。

「鹿乃」

うしろから慧に呼ばれて、鹿乃は立ちあがる。

「思ったんだが、おふじさんと千賀子さんが同級生だったなら、敏子《とし こ》さんに訊いてみたらどうだ？　なにか知ってるかもしれない」

敏子は、近所に住む芙二子の幼馴染《おさななじ》みである。そうか、と鹿乃も手を打つ。

「そやな。ほな、行ってみよ」

鹿乃は慧とつれだって、敏子のいる三好《みよし》家に向かった。門を出れば、ぽつ、ぽつと雲が浮かぶ空の下、こんもりとした糺《ただす》の森が見える。冬のあいだ、葉の落ちた枝を静かに空に伸ばしていた木々も、春を迎え、やわらかな緑を芽吹かせている。春の森は歌っているようだと、この季節が巡ってくるたび、鹿乃は思う。

「慧ちゃん、今日は時間あるん？」

「ああ」と慧は黒いトレンチコートのポケットに手を突っ込んだまま、そっけなく答える。

「忙しないん？　大丈夫？」

「大丈夫だよ。春休みだしな」

彼は近くにある私立大学の准《じゅん》教授だ。ちなみに鹿乃も四月からその大学に通う。

「大学が休みやからって、暇になるわけやないっていつも言うてたのに」

「暇じゃないほうがいいのか？　帰るぞ」

「えっ、いやや」

きびすを返しかけた慧の袖《そで》を、鹿乃はあわててつかむ。慧は口もとだけでちょっと笑うと、ポケットから手を出して、鹿乃の手を握った。そのまま歩きだす。

「……」

慧が野々宮家で下宿をはじめてから、手をつないだことなど数えきれない。だが、そのころとはまるで意味が違うのだと、わかっている。慧の手は雛をくるむように、そっと鹿乃の手を握っていた。指先に全身の神経が持って行かれて、慧の長く骨ばった指の一本、一本の形がつぶさに感じとれるようだった。頰が熱い。会わなかったあいだ、話したいことがたくさんあったのに、手を握られた瞬間、鹿乃の頭のなかからぽんと飛びだしていってしまった。

「おとなしいな。どうした」

どうした、ではない。鹿乃は悔しくなって、手をぎゅっと握り返した。

「慧ちゃん、今日は夕ご飯食べてく？」

「ああ、そうだな」

「ほな、慧ちゃんの好きなもの作るわ。なにが食べたい？」

「うーん……鹿乃の料理自体、食べるのがひさしぶりだからな。なんでもうれしい」

「……」

鹿乃は握った手に力をこめた。顔が真っ赤になっている気がする。

「……今日、コロッケ作るつもりやけど、それでいい？」

「ああ。手伝うよ」

うん、とうなずいて、鹿乃はつないだ手をぶんぶんふった。そうしないと、走りだしてしまいそうになるからだ。

「慧ちゃんと一緒にご飯食べるん、ひさしぶりやから、わたしもうれしい」

「……そうか」

ふりまわす手がほどけないよう、慧がすこし力を入れて握り直したので、鹿乃はますます駆けだしてしまいたくなった。

三好家を訪れると、敏子は部屋でパッチワークをしていた。最近、凝《こ》っているのだという。

「指動かすと、頭にええていうさかい」

敏子は慧が一緒にいるのを見て、「八島さん、下宿やめはったんと違うん?」と尋《たず》ねる。

「もう下宿はしてません。今日はたまたま、用事があったので」と答えた慧に、敏子はさして興味なさそうに「ああそう」とあいづちを打つ。それから慧を上から下まで一瞥《いちべつ》して、「今日はええ色の服着てはるやないの」と言った。慧は落ち着いた紫紺《しこん》色のニットを着ている。「いつもそんな服着てはったらええんやわ」と手もとの針に目を戻した。

「鹿乃子ちゃんは、もう高校卒業やて? 早いもんやな。いま十七やったか」

「いえ、十八です」

あいかわらず鹿乃を『鹿乃子』と呼ぶ敏子に、鹿乃は感慨深くなる。一年ほど前、ちょうど似たようなやりとりをした。蔵の着物で問題が起きた、最初のときのことだ。あれから一年たったのだ。ひとつ歳をとった以上の経験を、鹿乃はしたような気がする。蔵の着物を通して——。

「——小村千賀子?」

木綿の古布を縫《ぬ》い合わせていた敏子は、針をとめて訊き直した。

「旧姓は瓜生さんといわはるんですけど」

「ああ」とそれでわかったようで、うなずいた。「瓜生さんな」

「知ってはりますか?」

「芙二子さんと仲よかったさかい、よう覚えてる。なんとかいう医院のお嬢さんやったひとやろ」

「仲がよかったんですか?」

意外に思って、鹿乃は確認する。あの電話からは、とてもそうは思えなかった。

「仲よかったえ。おとなしいひとで……覇気《はき》のないひとではあったけどな。若い子らしい潑剌《はつらつ》としたとこがないていうか。お祖母さんがえらい厳しいひとやったさかい、そのせいか知らんけど」

敏子は芙二子とともに千賀子の家へ遊びに行ったことがあるのだという。

「お母さんは線の細い、やさしそうなひとやったけど、お祖母さんは行儀に厳しい……いや、あれは冷たいて言うたほうがええんやろな。険のある目で瓜生さんを見てな、歩くにしてもしゃべるにしても、『はしたない』『品がない』て、ねちねち言わはるんや。瓜生さんにはちっともそんなとこ、あらへんのに。あれでは瓜生さんが陰気になるんも無理ないわ」

さきほどは『覇気がない』と婉曲《えんきょく》に言ったものを、『陰気』と敏子は言い切った。

「まあ、お祖母さんはいやなひとやと思たけど、お母さんはいいひとやったえ。加賀《かが》の旧家の出やとかで、上品できれいなひとやったわ」

敏子は自分の手もとを眺めて思い出したように、

「そうそう、針仕事が得意や言うて、刺繍やら巾着やら、お母さんが作らはったもの、瓜生さんは大事にしてはったわ」

「刺繍……」鹿乃はつぶやく。ひょっとして、あの帯の刺繍も、千賀子の母——槇子によるものなのだろうか。

「ああ、そやけど」

敏子はふたたび針を進めながら続ける。

「芙二子さんと瓜生さんのふたりは卒業後もずっと仲よかったみたいやけど、いつごろからか、ふっつり行き来がなくなったみたいやったわ。いっぺん、大丸《だいまる》やったか高島屋《たかしまや》やったかで偶然、瓜生さんに会《お》うたことあったけど、芙二子さんの話をしたら眉をよせて、『芙二子さんの話は聞きたない』て言わはるんやから」

ようやくあの電話のような千賀子の様子を聞いて、鹿乃は問いかける。

「ふたりのあいだになにかあって、仲違いした、ていうことですやろか」

「よう知らんけど、そうなんやろ。芙二子さんも瓜生さんも頑固なとこがあったさかい、つまらんことでケンカでもしはったんとちゃう?」

ケンカの原因までは、敏子もわからないらしい。

「若いころの話でもないけどな。五十代やったやろか。六十にはなってなかったと思うけど。そんな歳になって、いまさらケンカてなあ。そう言うたら、たしかそのころ、瓜生さんはお母さんを亡くさはったんと違《ちご》たやろか」

「そうなんですか」

「風の便りで聞いただけやから、よう知らんけど。五十代のひとの親やったらもうええ歳やろうけど、それでもお気の毒やなて思た覚えがあるさかい」

「それは」と慧が口を挟んだ。

「ふたりの仲が悪くなる前か、悪くなったあとのどちらですか？」

敏子は手をとめ、思いがけないことを聞いたように慧の顔を眺めた。

「どっちやったやろ。前やったような気もするけど、わからんわ」

槇子が亡くなったのが、芙二子と千賀子の仲違いの前かあとか。つまり、槇子の死がふたりの仲違いに関係しているのか、どうか、ということだ。

千賀子について敏子が覚えていることは、それくらいのようだ。いくらか世間話をしてから、鹿乃と慧は敏子のもとを辞した。世間話のほうが、千賀子についての話よりも長かったが。

「槇子さんが亡くならはったことが、お祖母ちゃんと千賀子さんの仲違いに関係あると思てるん?」

三好家からの帰途、鹿乃は慧に尋ねた。

「槇子さんの死が、というより、帯だよ」

「帯?」

「槇子さんが亡くなったら、遺品の整理をするだろ。そのなかにあの帯があって、ああいう異変が起こったんだとしたら――」

「それを千賀子さんがお祖母ちゃんのとこに持って来はった、てこと?」

『あの帯はあげたもんや。あげたからには、わたしにはもうかかわりのないことや』――という電話での千賀子の口ぶりからすると、帯を芙二子に『あげた』のは、千賀子なのだろう。

「それがきっかけで、ケンカした……?」

「という可能性もあるかもな、ってことだよ」

もしそうなのだとしたら、いったいなぜ、母親の帯のことで仲違いすることになったのだろう。千賀子が話してくれれば、わかることだが――。

「……やっぱり、千賀子さんに会わんことには、わからへん」

「まあ、そうだよな」

ふたりは立ちどまり、顔を見合わせた。

「行ってみるか」

「うん」

慧の車がとめてある野々宮家に向かって、ふたりは足を速めた。


小村家は、岡崎《おかざき》のほうにあった。平安《へいあん》神宮の大鳥居を横目に、車は南下する。観光客の姿もない、静かな住宅街の一角に小村家の表札を見つけた。間口の狭い、昔ながらの京町家だ。家のすぐ脇に万両《まんりょう》が生えていて、赤い実をつけた枝が格子《こうし》の前まで伸びている。鹿乃は粽《ちまき》が飾られた玄関口に立って、ボタンの部分に音符が描かれた古い呼び鈴を鳴らした。しばらくして、磨《す》りガラスの嵌《は》まった格子戸の向こう、三和土《たたき》に誰かがおりたのがわかった。

「……どちらさんです？」

警戒心の勝《まさ》った、硬い声がした。電話で聞いた声だ。

「野々宮と申します。今日、お電話で――」

皆まで言う前に、ため息が聞こえた。

「電話で言うたでしょう。あの帯とわたしとは、もうかかわりはあらへん。帰ってください」

「いえ、待ってください、鈴が鳴ってるんです」

その言葉に、千賀子は沈黙した。

「どうして鳴るのか、どうしたらいいのか、わたしにはわかりません。ですから、お話をうかがえませんか。帯をあのまま放ってはおけません」

鹿乃は必死に言い募った。千賀子は黙ったままだ。

「お母さまの帯なんですよね？　あの刺繍は——」

「……帯をあのまま放っておけへん、て芙二子さんとおなじこと言わはるんやな」

静かな声が返ってくる。静かで——冷ややかだった。

「そのためやったら、ひとの触れてほしないとこまで平気で乗りこんでくる。何様や。無理やりひとの心に踏みこんで荒らすのが、楽しい？」

鹿乃は声が出せず、ただ格子戸を見つめた。

「あの帯をどうしたらええかわからんのやったら、捨てよし。川に流してしもたらええんや」

そう言い捨てて、格子戸の向こうから千賀子の気配は消えた。鹿乃はその場に立ち尽くす。そばで様子を見守っていた慧が、軽く鹿乃の肩に触れた。

「いったん帰ろう」

鹿乃は悄然《しょうぜん》とうなずく。顔をあげることができなかった。

着物の秘密を追うことは、ひとの心を暴くことだ。鹿乃はいつも、そのうしろめたさから逃れることはできない。ほんとうに自分などが踏みこんでいいものなのかどうか、その前でいつも躊躇《ちゅうちょ》していた。祖母はどうやって、この葛藤《かっとう》と折り合いをつけていたのだろう、と思う。今日のように言われて、どう答えたのだろう。

それでも祖母は、秘密を暴いたのだ。だからあの帯は蔵に収められていた。

「……」

鹿乃は車窓に目を向けて、通り過ぎてゆく景色を見るともなしに見ていた。

「千賀子さんがああ言うなら、帯についてはほかのアプローチを考えるしかないな」

車を運転しながら、慧が言った。ふだんはかけない眼鏡をかけている。

「ほかのアプローチって……？」

「良鷹も言ってたが、どうしてあの柄なんだろう。手毬も雛人形も、女児向けとも言える。一番わからないのは鈴の音だな。鈴の柄でもないのに」

「うん……」はっきりしないあいづちを打って、鹿乃は車窓を見つめる。うっすらと鹿乃の顔が映りこみ、瞳《ひとみ》が迷いに揺れていた。

「お祖母ちゃんと千賀子さんが仲悪うなったんは、お祖母ちゃんが千賀子さんを怒らせたからやろか。さっきみたいに」

「どうだろうな」

「でも、お祖母ちゃんは結局、秘密を暴いたんやろな。わたしは……」

——そこまでできるだろうか。千賀子の拒絶を無視してまで。

慧はちらりと鹿乃に目を向け、すぐに正面に戻す。

「黙って葬《ほうむ》ったほうがいい秘密なら、おふじさんはあの帯を残してないと思うぞ」

そうだろう、と鹿乃も思う。芙二子が残したからには、意味がある。

「そやけど……それが正しいことなんかどうか、わからへん」

ひとを傷つけることは、怖い。そうまでして心に踏みこむことが、ほんとうに正しいのだろうか。

「正しいことが最善とはかぎらない。正しさがひとを傷つけることもあるだろう」

鹿乃は慧の横顔を眺める。彼の出生は、世間一般の規範からすれば、正しい道のさきにあったとは言えない。だから、心ない言葉をぶつけられたことも多かったろう。鹿乃は自分の手のひらに視線を落とした。

「……千賀子さんにとって、一番いいことって何なんやろう」

慧はすこし考えるように間《ま》を置いて、

「おふじさんも、きっと、それを考えていたんだろうな」

と言った。

「わたしに、その答えがわかるやろか……」

鹿乃は、芙二子と違って千賀子と友人であるわけではない。彼女のひととなりも知らず、彼女があぁまで拒絶する理由も見当がつかない。ため息が口から洩《も》れた。

鹿乃の様子を横目でうかがっていた慧が、

「ちょっとうちに寄ってもいいか?」

と訊いた。「晩ご飯は鹿乃たちと食べるって言っとかないとさ」

電話でもすむことなのに？　と思ったが、鹿乃は「うん」と承知する。慧の父、田村《たむら》の怪我の具合も気になっていたので、ちょうどいい。

田村家は黒谷《くろだに》にあり、岡崎からは近い。金戒光明寺《こんかいこんみょうじ》のそばにある住宅街の細い道をのろのろと走って、車は田村家に着いた。

「いらっしゃい」

座敷で本を読んでいたらしい田村は、鹿乃を見て淡々とあいさつした。とっつきにくそうな愛想のないひとだが、雰囲気ほどには偏屈ではない。以前はギプスで固めた腕を三角巾で吊っていたが、今日はすでにギプスはなくなっていた。

「怪我の治り具合は、どうですか」

鹿乃が尋ねると、

「順調や」

と言葉すくなに答える。「ギプスも外れたしな」と言って、お盆を手に慧が座敷に入ってきた。鹿乃の前に湯呑茶碗《ゆのみぢゃわん》と、干菓子を置く。「かわいい」と鹿乃は思わず声をあげた。早蕨《さわらび》や桜をかたどった、春の干菓子だ。桜の落雁《らくがん》をつまんで口に入れると、舌の上でふわりと溶けていった。儚《はかな》い甘さが静かに染みていって、つい顔がほころぶ。

「引千切を買ったときに、一緒に買っておいたんだ」

正解だったな、と慧は笑う。これを食べさせるために、ここに寄ったのだろうか、と鹿乃は思い、慧の顔を眺めた。

「どこかに出かけてたんか?」

父に問われ、慧は思い出したように「ああ、うん。これから下鴨《しもがも》に戻るんだ」と答えた。

「晩ご飯はあっちで食べるから」

「そうか」と言った田村は、ちょっと残念そうだった。長年、絶縁状態だった息子とようやく暮らしはじめたのだから、食事はできるだけ一緒にしたいだろう。「すみません」と鹿乃が謝ると、「いや、こっちこそ」と田村は言った。

「離ればなれになって、さびしないか」

そう率直に訊かれて、鹿乃はうろたえた。

「いえ、あの……会えへんわけとちゃいますし。今日もこうやって」

「ああ、雛祭りしてたんやったな。女の子のお祭りに邪魔するんは無粋なんとちゃうかて言うたんやけど、お菓子持っていそいそと出かけてったな」

「いそいそって……」慧は渋い顔をしている。

「でも、ずっと兄と囲碁してたんですよ」

抗議するように鹿乃は言った。

「いや、あれは良鷹がさ……」

と、慧は言い訳する。田村は「はは」と軽く声をあげて笑った。鹿乃は、彼のそうした影を払ったような明るい表情を見るのは、はじめてだった。

「それで、桃の花でも見に行ってたんか?」

「いえ、岡崎のほうに――」

蔵の着物の件で、と鹿乃はかいつまんで説明した。田村は何度か、蔵の着物にかかわっている。

「へえ、鈴の音がなあ」

「なんであの帯からそんな音がするのか、わからへんのです」

田村は眼鏡をちょっと押しあげて、「そうやなあ」と考えこむように言った。考えているときの顔つきは、慧によく似ている。

「違うかもしれへんのやけど」と断ってから、「手毬に鈴の音いうたら——」田村は立ちあがり、部屋を出ていった。しばらくして戻ってきたとき、彼はその手に小さな毬を持っていた。

「その手毬」

鹿乃は腰をあげる。田村は鹿乃に手毬をさしだした。白い菊をかたどったような模様を中心にして、色とりどりの糸で毬は作られていた。しかし、はっとしたのはそれを受けとったときである。

ころ、と音がしたのだ。すこしくぐもった、けれど涼やかで、軽やかな鈴の音。

「これ——」

鹿乃は手毬を手の上で転がしてみる。ころ、ころ、と手毬は音を立てた。顔をあげると、田村がうなずく。

「加賀手毬や。なかに鈴が入ってる。前にゼミの学生が加賀土産《みやげ》にくれてな」

「加賀……」

鹿乃は敏子の話を思い出していた。千賀子の母、槇子は、加賀出身だったと言っていなかったか。

「子供の息災を願って作られるそうや。母親が嫁入りする娘に持たせたりな。魔除けになるんやて」

もともとは、徳川家康《とくがわいえやす》の孫、珠姫《たまひめ》が加賀に輿入《こしい》れしたさいに持ちこんだのがはじまりだそうだ。

「僕も詳しいわけとちゃうさかい、その帯の模様が加賀手毬なんかどうかはわからんけど」

「いえ、ありがとうございます。たぶん……そうです。音が一緒やし、持ち主のかたが加賀出身なんです」

確実とは言えないが、きっとそうだろう。たしかめることができればいいが――。

「あの」

手毬を胸に抱き、鹿乃は田村を見あげた。

「この手毬、貸してもらえませんやろか」

「ええよ、持ってき」

田村はふたつ返事で承諾した。ありがとうございます、と鹿乃は頭をさげる。それをしおに、鹿乃と慧は野々宮家に向かうことにした。

「千賀子さんとこに行くんじゃなくていいのか?」

帯の手毬模様が加賀手毬なのかどうか、たしかめるには千賀子に訊くのが一番だろう。しかし。

「うん。まだ会《お》うてなに言うてええんかわからへんし……もうちょっと、あの帯自体のことを考えてみたいんよ」

野々宮家に着くと、めずらしく良鷹が玄関で出迎えてくれた。鹿乃が持っている手毬を見て、「それは?」と訊くので「加賀手毬」と答える。

「帯の手毬、これなんとちゃうやろか」鹿乃は手毬をふって鈴を鳴らした。「槇子さん、加賀出身なんやて」

良鷹は軽くうなずき、「こっちは雛人形のことを調べとった」と言った。

「雛人形のことって?」

訊き返すが、まずなかに入るよう、うながされる。広間に向かうと、テーブルに本やノートが広げてあった。表紙を見てみると、民俗学の本らしい。書斎にあったものだろう。

「雛人形ていうたら、雛流しがあるやろ。人形《ひとがた》に穢《けが》れを移して、水に流すことで災厄を祓《はら》う、まじないの一種や」

「下鴨神社でも毎年やってはるな」

ひとが多くて、鹿乃は参加したことはないが。

「この雛流しで有名なんが、和歌山《わかやま》県の加太《かだ》にある淡島《あわしま》神社や」

良鷹が数冊ある本のページをめくり、それぞれ鹿乃と慧の前に置く。

「これは淡島神社について書かれた論文。淡島神社ていうか、淡島信仰やな」

「淡島信仰？」

「淡島神《あわしまのかみ》を祀《まつ》る信仰。淡島神ていうのは住吉神《すみよしのかみ》の后《きさき》で、婦人病を患《わずら》ったために離縁されて海に流されて、加太に漂着した、ていう伝承があるんや。婦人病を治してくれるとか、子授けとか安産とかの守り神やそうや。女性のための女神やな。この信仰は江戸時代に全国に広まって、各地に淡島神社や淡島堂てもんがある。京都にもあるで。淡島願人《あわしまがんにん》ていう宗教者が全国で勧進して広めたんやけど」

淡島願人は、家々の門の前で祭文《さいもん》を唱え、女性たちから淡島神社に奉納するものを預かり、代わりに米や銭《ぜに》を乞うたという。本にその白装束の風体が載っていた。近世の話かと思いきや、昭和三十年ごろまで全国に存在していたそうだ。

「淡島願人なら、江戸時代の随筆《ずいひつ》や新内節《しんないぶし》なんかにもときどき出てくるな。〈淡島もの〉というジャンルもあるし」

慧が口を挟む。「でも、雛人形と関係あるとは知らなかった」

「病を得て流される淡島神は、穢れを祓うため流される人形のイメージから来てるんや。社伝では、祭神の神功皇后《じんぐうこうごう》が少彦名神《すくなひこなのかみ》を雛形に刻んで奉納したのが雛祭りの起源やていう話が残ってる。江戸時代には大名家が雛人形を奉納してたし、皇族や公家の女性からも信仰されてたそうや。貴賤《きせん》問わずの信仰やな」

つまり、それだけ切実だったということだ。女性たちの祈りが。

「淡島信仰はつまるところ、女人救済や。女性の守り神。淡島神は新婚早々に病のせいで離縁されるけど、いわゆる石女《うまずめ》——病のために子を産めへんから離縁されるんや。そして配流《はいる》される。穢れと苦しみを背負った女神やったから、それだけ信仰されたんやろう」

鹿乃は衣桁にかけてある帯を眺める。手毬柄を表にしてかけてあるので、裏にある雛人形は見えない。

「だが、その淡島信仰と、あの帯の雛人形が関係あるかどうかは不明だよな」

冷静に言った慧に、「まあな」と良鷹はつまらなそうにする。

「あ……」

鹿乃の口から声が洩れる。慧と良鷹の目が向けられた。

「千賀子さんが言わはったこと、思い出して……」

えんや。

　――あの帯をどうしたらええかわからんのやったら、捨てよし。川に流してしもたらええんや。

「『川に流してしもたらええ』て、言わはったんや」

　なぜ、そんなことを言ったのだろう。帯を捨てるなら、ごみとして捨てる、あるいは、焼く、くらいが妥当《だとう》な捨てかたなのではないのか。

「帯を川に流す、て発想になったんは、雛流しか、淡島神を思い浮かべたから――と違うやろか」

　だから、思わずそう口走ったのではないだろうか。慧は、「なるほどな」と言って考えこんでいる。鹿乃はテーブルに置いてあった手毬を手にとり、何度か宙に投げて、受けとめる。鈴の音が響いた。帯から聞こえてくる音とおなじ。

「……これ、持っていって、千賀子さんに会《お》うてみる」

　手毬を胸に抱き、鹿乃は立ちあがる。慧が「わかった」と言い、なにを訊くでもなく腰をあげた。

「良鷹はどうする？」

「あんまり大勢で押しかけんほうがええやろ」

　まかせるわ、と言って広げた本を閉じた。

「ごめんな、何遍《べん》も」

車中で、鹿乃は慧に謝る。

「ドライブしてるようなものだから」とハンドルを握る慧は言う。「一緒にいられるんだから、なんでもいい」

鹿乃は言葉につまって、「うん」とだけ言って顔を赤くした。何の気なしに、静かな湖面に石をポンと投げるような、胸のなかをかき乱すことを言うところは、前とすこしも変わっていない。

赤信号で車がとまる。

「……わたしも、慧ちゃんと一緒にいられて、うれしい」

慧はちらりと鹿乃のほうを見て、

「運転を誤るから、走ってるときにそういうこと言うなよ」

と言った。

「慧ちゃんだって言うてるくせに！」

「おまえは運転してないだろ」

ずるい、と鹿乃はむくれる。慧はちょっと笑うと、鹿乃の手をほんの一瞬、軽く握って放した。信号が青に変わり、車は動きだす。

「そ……そやから、そういうところが、ずるいって……」

　鹿乃は真っ赤になってもごもご言ったが、慧は前を向いたまま笑うだけだった。


　呼び鈴を鳴らすと、前に来たときとおなじように、しばらくして三和土にひとがおりる気配がした。千賀子だろう。鹿乃は、「野々宮です」と彼女が誰何《すいか》するよりさきに口を開いた。千賀子が黙って戸口から離れようとする動きを悟って、鹿乃は急いで言葉を続けた。

「千賀子さん。あなたがほんまにあの帯を捨ててええと思てはるんやったら、そうします。なにも訊かずに、処分します。――でも、もし、あの帯を捨てたない、残したいて思わはるんやったら……ここを開けてもらえませんか」

　格子戸の向こうから、返ってくる言葉はない。だが、千賀子はその場から去ろうとはしなかった。三和土に佇《たたず》んでいる。

　鹿乃は、手にしていた手毬を宙に放り投げ、受けとめる。鈴の音がした。

　千賀子が格子戸に手をかけたのが、磨りガラス越しに見える。その手はいったん離れ、鍵を開ける音がすると、ゆっくりと戸が開かれた。ひとりの老婦人の姿が、その向こうに現れる。白髪をうしろで束ねた、線の細い老婦人だった。品のよさそうな顔立ちだが、繊細そうでもあった。藤《ふじ》色のカーディガンを羽織った千賀子は、鹿乃の手にのっている手毬を見て、かすかに眉をよせた。

「その手毬……」

声は細く薄く、ややかすれている。

「加賀手毬です」

鹿乃が答えると、千賀子は目をそらし、戸口から体をずらした。入るよう、すすめているのだ。お邪魔します、と鹿乃は敷居をまたいだ。

千賀子はすでに夫を亡くし、子供はよそで暮らしていて、この家にはいま、彼女ひとりで住んでいるのだという。通された座敷で慧とともに並んで腰をおろすと、座卓の上にお茶が出される。千賀子は座ることなく、また座敷を出ていった。戻ってきた千賀子はダンボール箱を抱《かか》えていて、慧がすばやく立って代わりに抱えた。畳《たたみ》におろすと、「どうぞ、開けてください」と千賀子にうながされ、慧は蓋《ふた》を開ける。鹿乃もなかをのぞきこむと、そこにしまわれていたのは、たくさんの手毬だった。

「これって……」

「加賀手毬や。ぜんぶ、母が作ったもんや」

ぜんぶ？　と鹿乃は驚いて手毬を眺める。軽く二十個はこえているように見える。ひとつ作るにも、そうとうな手間がかかると思うのだが。

「裁縫がお得意やったとは聞いてましたけど……」

「刺繍でもなんでも、上手やった。あの帯の刺繍をしたのも、母や。上手や、得意やいうても、ちょっと度をこえてるやろ」

千賀子は手毬を見やり、かすかに息をついた。

「母がこの手毬を作ってたんは、父と結婚してからのことや。家事のいっさいは女中がやってて、家のなかのことは祖母がとりしきってた。母に課せられたことは、跡継ぎを産むことやった」

そやけど……、と千賀子はまた手毬を見つめた。

「なかなか子供はできひんかった。そのあいだ、母はひたすらこの手毬を作ってたんや。姑《しゅうとめ》に子はまだかと急《せ》かされながら、厭味《いやみ》を言われながら。なんや、ぞっとするやろ」

たしかに、この数をひとりで作ったと思うと、執念めいたものを感じた。

「あの帯かてそう。表は手毬柄やけど、裏は雛人形。願掛けやったんやろ」

「淡島信仰、ですか」

慧が言った。千賀子は意外そうに慧を見た。「よう知ったはるな」

「願掛けって、どういう内容のですか?」

鹿乃が訊くと、千賀子は苦い笑みを浮かべる。

「決まってるやろ。子授けの祈願や」

千賀子は箱のなかから手毬をひとつとりだし、座卓に置いた。軽く転がすと、鈴の音が鳴る。

「ひとから聞いた話やけど、母は熱心に信仰してたそうや。和歌山の神社までお参りに行ったり、御守をもらってきたり。雛人形みたいな御守なんや。それを後生大事にしまいこんで、あんな帯まで作った」

話を聞きながら、鹿乃は当惑していた。それでも、千賀子が生まれたのだから、よかったのではないのか？　なぜ千賀子は、こうも打ち沈んだ、苦しげな様子で語るのだろう——？

千賀子は転がしていた手毬をとめる。

「あの帯のことを芙二子さんに相談したんは、母が亡くなって一年たったころのことや。わたしも芙二子さんも、五十四やった。簞笥にあの帯を見つけて、そしたら……」

千賀子は手毬を箱に戻した。軽く鈴の音が響く。

「手毬の鈴の音が聞こえた。芙二子さんは女学生のころからそういうもんに詳しいひとやったさかい、すぐにあのひとに相談したんや。そやけど……」

千賀子は眉をよせる。

「間違いやった」

「間違い？」鹿乃は訊き返す。

「そうや。相談するんやなかった。後悔した。放っておいたらよかったんや。わたしは芙二子さんに、もうええ、て言うたんや。もう知りたない、これ以上はなにも調べんといて、て。……芙二子さんは、聞かへんかった」

千賀子はにらむように鹿乃を見た。

「やめてほしいて言うたのに、やめようとはしはらへんかった。そやからわたしは、もうわたしは知らん、帯とわたしは関係ない、て芙二子さんと絶縁したんや」

まるで芙二子を前にしているかのように、千賀子は鹿乃に向かってそう言い捨てた。困惑しながら、鹿乃は口を開く。

「どうしてですか？　なんで、途中でいやにならはったんですか？」

千賀子は顔を背けた。口をつぐんで、話そうとはしない。千賀子さん、と慧が話しかける。

「さっき、お母さんの話を、『ひとから聞いた』と言いましたね。誰から、いつ、聞いたんです？」

千賀子はちらと慧に目を向けたが、答えない。慧は問いを重ねた。

「帯のことがあってから、聞いたことなんじゃありませんか」

「……」

視線をさまよわせ、千賀子はまた手毬に目をやった。

「……昔、うちで女中やってはったひとや。そのころはまだ生きてはった。居場所を調べて、わたしと芙二子さんで母の話を聞きに行ったんや」

「それで、あなたは知りたくなかったことを知ってしまって、帯についてはもういいと思われたんですね」

千賀子はまた黙りこむ。しばらくして、「知ったんやない」と言った。

「知りそうになって、引き返したんや」

「なにを――」

ですか、と言う前に、千賀子の視線が鹿乃に向けられた。

「あんたはほんまに、芙二子さんによう似た顔してはるな。芙二子さんのほうは、もっと負けん気の強さが出てはったけど」

芙二子の顔を思い出すように、千賀子は目を細めた。

「母はな、父と家出したんや。石女やて姑に責められて、離縁させられそうになったさかいに」

ぽんと、投げだすように千賀子は言った。家出、と鹿乃は驚いて繰り返す。

「半年くらい、所在がわからんかったそうや。戻ってきたときには、赤ん坊を抱えとった」

「赤ん坊……それが、千賀子さんですか」

鹿乃が確認すると、千賀子は目を伏せてうなずいた。

「ほな、家を出る前に槙子さんは千賀子さんを授かってはったんですね。気づかずに、家を出てしもたんですか」

「そうやない」

千賀子の声は硬かった。電話口で聞いたときのように。

「まさか」

と、慧が声をあげた。

「ふたりの子供ではなかったんですか?」

はっと、鹿乃は千賀子を見る。――ふたりの子供ではない? 千賀子が?

千賀子が、きっと慧をにらんだ。だが、すぐにそのまなざしから力が抜ける。視線はさまよい、下に落ちた。

「それをはっきり知りたなかったから、もうええ、て言うたんや。戸籍上は、わたしは両親の実子なんは間違いない。そやけど……」

唇を噛《か》んで、千賀子は顔をあげた。

「祖母がわたしに冷たかった理由が、わかったように思たんや。あのひとは、跡継ぎが欲しかった。自分の血を引く孫が。あのひとは、わたしが自分の孫やないてわかってたから、あんな——」

ぎゅっと眉根をよせて、目を閉じる。いくらか乱れた息を、肩を上下させて落ち着かせていた。ゆっくりと目を開けて、千賀子は静かな声音《こわね》に戻る。

「女中に会ったあと、芙二子さんがどこでどうしはったんかは知らん。あとで電話だけかかってきたんや、『鈴の音は消えたけど、この帯、どうしはる?』てな。いらへん、とだけ答えて、電話を切ったんや。それきり」

千賀子の顔がゆがんだ。

「あの帯には、母の執念がこもってるんや。子供が欲しい、子供が欲しい、ていう……」

わたしやない、本物の子供が、と千賀子は声を絞りだした。

「わたしの話はこれでぜんぶや。これで気が済んだやろ。もう帰って」

悲鳴をあげるように言って立ちあがると、彼女は隣の座敷に入り、ふすまを音高く閉める。とり残された鹿乃と慧は、しばらく言葉が出なかった。

「——鹿乃」

肩をたたかれ、鹿乃はようやく慧のほうを向く。

「帰ろう」

「……でも」

鹿乃は閉められたふすまを見やる。千賀子のことが気にかかった。

「いま言えることはなにもないだろ。そっとしておいてやれ。言えることができたら、また来よう」

「言えること——」

「まだ調べられることはあるだろう。おふじさんもそうしたはずだ。あのひとはきっと、千賀子さんが知らないことまで、ちゃんと知ってた。そのうえであの帯を残しているんだ」

鹿乃は箱の手毬を見つめ、うなずいた。祖母が帯を残したなら、理由があるはずだ。それはきっと、千賀子を傷つけるものではない——そう思う。千賀子は、あの帯には母の執念がこもっていると言ったが、そうだろうか？　あの帯にあるのは、執念という凝り固まった濃い想いではなく、もっと切々としたなにかだと、鹿乃は思う。

その『なにか』がなんなのか、まだわからないけれど——。

お邪魔しました、とだけ声をかけて、鹿乃と慧は家を出た。一歩外に出ると、淡い群《ぐん》青《じょう》色の空に、残照を受けて雲が金色に輝いていた。

家に帰ると、良鷹が台所で夕飯を作っていた。

「えっ、お兄ちゃん、ご飯作ってくれてるん？」

今日の料理当番は鹿乃だったのだが、率先して代わってくれるとは、めずらしいこともあるものである。が、慧はすこしがっかりしていた。

「ひさしぶりに食べるのが、良鷹の手料理かよ……」

「いやなら食べるな」

「おまえ、わざとやってるんじゃないだろうな」

「なにがや」

良鷹は小鍋でソースを作りながら、そっぽを向く。

「せっかく慧ちゃんが来てるんやし、わたしもなにか作るわ」

と言うと、慧は表情を明るくしたが、良鷹が、

「余計なことはせんでええ。着物が汚れるやろ」

「おい、良鷹」

「着替えてくるから、待っとって」

そう言い置いて自分の部屋に行き、洋服に着替えて戻ってくると、慧が良鷹に料理を手

伝わされていた。じゃがいもの皮を剝《む》いている。

「慧ちゃん、休んでたらええのに」

「いや、ひとりで待ってても暇だしさ」

「ほな、わたしもじゃがいも切るわ。お兄ちゃん、これなに作るん？」

「じゃがいも炒《いた》め」

「そしたら、短冊切りにしたらええな」

じゃがいもとにんにくを塩こしょうで炒めただけのものだが、良鷹の好物だ。茹《ゆ》でたり蒸したりしてほっくりさせたじゃがいもより、やや硬めに炒めたほうが好きなのだ。

鹿乃がじゃがいもを炒めるいっぽうで、良鷹はいい具合に冷めたローストビーフを薄切りにしている。できた料理を皿に盛りつけて、三人で手分けして食堂に運んだ。三人でのこうした作業もひさしぶりだ。

ローストビーフには肉汁と野菜を煮詰めて作ったソースがかけられていて、じゃがいもにはほどよく焦《こ》げ目がついている。いいにおいを吸いこんでから、鹿乃はローストビーフを口に入れた。肉はやわらかく、あふれだした甘い肉汁とソースが絡み合う。

「おいしい。やっぱりお兄ちゃん、こういうの得意やな。ローストビーフとかローストチキンとか、お肉のかたまりの料理」

鹿乃は火の通り具合が気になって、火を通し過ぎたり、焦がしたりする。良鷹はその辺の勘がいい。

おいしそうに肉を口に運ぶ鹿乃を見て、良鷹はちょっと満足そうな顔をしていた。わかりにくいが。

「慧ちゃんとこは、お父さんの怪我が治ったら、交代で料理することになるん？」

「父さんはてんでダメだよ。掃除と洗濯はできるけど、料理はからきしだ」

「そうなんや。なんでもできそうな感じやのに」

「そうか？　どっちかって言うと、不器用だよ。怪我を抜きにしても」

意外だった。そして、そんな話を慧から聞くのを、鹿乃はなんとなくうれしく思った。

「ほんで、帯の件はどうやったんや？」

食事が終わってから、良鷹が訊いた。慧が淹《い》れてくれたお茶を飲みながら、鹿乃は説明する。

「……千賀子さんが両親の実子やないんやったら、その赤ん坊はどこからつれてきたんやろな」

話を聞き終えて、良鷹は言った。

「実子やないていうのは、千賀子さんの早合点《はやがてん》かもしれへんし」

「そう合点するだけの根拠があったんじゃないか？　彼女が話してくれたことのほかに。そうでなかったら、疑いがあっても信じないほうに傾くだろ」

うーん、と鹿乃は悩む。

「そやったら、これからなにをどう調べたらええんやろ……ダメ押しみたいに、千賀子さんが両親の実子やなかったって証明するんは、あんまりやわ」

「それでも、なにが事実なのかは知らないと、どうにもならないだろう。その赤ん坊について知ってそうなのは、両親が家出して身をよせていたさきだよな」

「どこなんやろ。親戚とかやと、すぐばれそうやし」

「槇子さんは加賀出身で、まわりに親しいひとはいなかっただろうし、実家に身をよせるわけにもいかなかっただろう。夫のほうの知人友人というのも、ばれるのは時間の問題になるだろうし……」

そうなると、ふたりはどこに逃げたのだろう。鹿乃は、ふと思い出した。

「槇子さんは、淡島神を熱心に信仰してはったんやんな」

「そうだな」

「お兄ちゃん」と、鹿乃は良鷹のほうに向き直る。

「昼間、言うてたやろ。京都にも、淡島神社があるて」

「淡島神社やないな。たしか、淡島堂や」

良鷹は席を立ち、本を一冊持ってきた。

「下京《しもぎょう》区の宗徳寺《そうとくじ》ていう寺にあるらしいで」

「熱心に信仰してはったんやったら、槇子さん、そこへもお参りに行ってはったんと違うやろか」

「それはそうだろうな」

慧も、良鷹もうなずいている。

「知らん土地に嫁《とつ》いできて、知り合いはいなくても、お参りに行くうちに知り合いができた可能性はあるやろ。おなじようにお参りに来てはったひととか、近所のひととか……」

慧は腕を組む。

「当時お参りに来てたひとだといま見つけるのは難しいだろうが、近所のひとだったら覚えているひとがいるかもしれないな。もしくは、寺のひとが知ってるかも」

その言葉に鹿乃は勢いづく。

「わたし、その淡島堂に行ってみる」

「明日か？」

「うん。学校、昼までやし」

三年生の三月ともなれば、授業はもうない。受験組は自宅学習だし、そのほかは登校しても自習が中心である。

「それなら、俺もつきあうよ」

「ええの？」

「乗りかかった船だからさ。気になるだろ」

一緒にいられるのは、正直、うれしい。鹿乃は「ありがとう」と礼を言った。

「良鷹も行くか？」

「行かへん。おまえらがいちゃいちゃいちゃしてるのなんか見たないわ」

「いちゃいちゃなんてしてへんやん」

良鷹は鹿乃の反論を無視して、お茶を飲んでいる。鹿乃と慧のあいだを邪魔するかと思えばこうなので、よくわからない。複雑なんやろ、と言った梨々子の言葉を思い出した。

「ほな、慧ちゃんと行ってくるけど……帰りになにか買《こ》うてきてほしいものとか、ある？」

「べつにない」

良鷹の好物であるプリンでも買ってきてあげようかと、鹿乃は内心、思った。

淡島堂のある宗徳寺は、京都駅にほど近いところにあった。大きなホテルが目立つ界隈《かいわい》からすこし入った、細い路地に通じる一角にあり、周囲には昔ながらの住宅が建ち並んでいる。淡島堂は、この地では〈粟嶋堂《あわしまどう》〉であるらしい。石柱にそう彫られている。《人形供養》と大きく書かれた看板が、石塀《いしべい》の上に掲げられていた。境内《けいだい》に入って驚いたのは、御堂に収められたおびただしい数の人形である。日本人形もあれば、西洋人形もある。ぎっしりと並ぶ人形の瞳に、鹿乃は落ち着かない気分にさせられた。平日だからか、境内にひと気《け》はない。ぐるりとひと巡りして、「ちょっとその辺を歩いてみるか」と慧が言った。

寺の石塀沿いに細い路地を行くと、どこか懐かしい風情のある家屋が続く。新しい家はすくないようだ。年季の入っていそうなアパートもある。寺周辺の路地をひと通り歩いたが、閑散《かんさん》として行き交う住人もいない。静かだ。鹿乃たちは、ふたたび寺まで戻ってきた。

「古そうな家を片っ端から訪ねて、訊いてみるか？　瓜生夫妻のこと」

「そうやなあ……」

粟嶋堂のほうを見やった鹿乃は、その御堂の前で、ひとりの老人が拝礼しているのに気づいた。柿色の毛糸の帽子をかぶり、おなじ色のベストを着ている。手編みだろうか。ふり向いた老人と鹿乃は目が合った。小柄な、八十代くらいの男性だ。毛糸の帽子から、真っ白な髪がほんのすこしのぞいている。愛敬のあるつぶらな瞳が、皺《しわ》に埋もれていた。軽装であるところからして、近所の住人だろうと鹿乃は見当をつけた。

「あの」

近づいて声をかけると、老人のほうも両手を腰のうしろに回して、ゆっくりと歩いてきた。すこし腰は曲がっているが、壮健そうだ。

「うちの者はみんな、昔からここにお参りするのが日課なもんで」

鹿乃が話しかける前に、老人は言い訳じみた口調でそう言った。「それで、僕もこうしてお参りするんですわ」

「はあ……」

「ん？　そういう話とちゃうの？」

鹿乃は首をかしげた。老人は照れたように笑う。

「ここは女のひとのお参りが多いさかい、男の僕がなんで、て目でよう見られるんやわ」

「ああ、そうなんですか。いえ、そういうことやないんです」

鹿乃も老人につられて笑い返しながら、どう尋ねたらいいだろう、と考えていた。

「ええと……昔から、ていうことは、おじいさんは、ずっとここに住んではるんですか」

「うん、そうや」

老人は愛想よく答える。「代々、この土地に住んでるんや」

「あの、変なことを訊くようですけど、ずっと昔に、瓜生さんてご夫婦がこの辺に住んではったとか、ご存じありませんか?」

老人はきょとんとしていた。藪《やぶ》から棒に、なんのことかと思っただろうか。

「瓜生さん……なあ。名前だけ聞いても、よう思い出さんなあ。夫婦か。どんなひと?」

わけのわからない質問だろうに、親切にもちゃんと考えてくれている。

「だんなさんは京都のお医者さんの家のひとで、奥さんは加賀のひとやったそうです」

「医者のだんなさんと、加賀――」

老人は背筋を伸ばすように宙を見あげ、思い出そうとしてくれているようだった。一生懸命、記憶をたどっているらしかったが、瓜生夫妻がこの辺に住んでいたという確証はないのだから、無駄骨を折らせているだけかもしれない。申し訳なくなって、鹿乃は「わからへんようでしたら、もう――」と言いかけたが、それと同時に老人が「ああ」と声を洩らした。

「あのな」と老人は山門のほうを指さした。

「ここを出て左に行ったとこに、古いアパートがあるんやけどな。あれ、僕ん家の持ち物や。あれでも二十年前に建て直したんやけど。その前は木造の下宿屋やった」

下宿屋、と鹿乃はつぶやいた。

「そう。ほんでな、僕が祖母から聞いた話やけど、祖母が大家をやっとった当時、下宿人は何組かいはって、そのなかに、夫婦もんがいはったわ。だんなのほうは医者の家のぼんぼんで、奥さんもええとこのお嬢さんやったひとで。安い下宿屋には似合わへんふたりやったそうやけど、わけありで実家から逃げてきてるんやと。幸せそうに暮らしてはったそうや」

「その奥さん、加賀の出身やったんですか？」

話を聞きながら、鹿乃は興奮を抑えていた。瓜生夫妻なのだろうか。

「そうや」

老人はうなずいた。当たりだ！　鹿乃は内心、飛びあがりそうだった。

「そやけど、その夫婦がどうかしたんか？」

「いえ、あの――」

なにか、それらしい理由を言おうとして、鹿乃は困った。思いつかない。元来、嘘《うそ》を考えるのが下手なのだ。

慧が鹿乃の肩に手を置いた。

「この子の家で、その瓜生さんの着物を預かっているんです。それで、ご遺族がいれば譲りたいと思って、瓜生さんの消息を追っているんですよ」

半分ほんとうのような、嘘のようなことを述べる慧に、鹿乃は舌を巻いた。丸きり嘘ではないのがすごい。

「へえ、そうなんか」とひとのよさそうな老人はすっかり信じている。「そやけど、その夫婦が祖母のとこで暮らしてたあとのことは、よう知らへんで」

「それはかまいません。ご存じのことがあればうかがいたいだけなので」

「僕も、祖母が言うてたことしか知らんのやけど。でも、それだけでよかったら、よう覚えてるで」

　自信ありげに老人は胸を張った。

「なんで覚えてるか言うたらな、祖母の話してくれた内容が、印象深かったさかい」

「どんな――」

　訊こうとする鹿乃に、まあ落ち着け、とでも言うように老人は両手をふって、「ついといで」と歩きだした。路地に出て、左に歩いてゆく。しばらく歩くと、鹿乃もさきほど目にした、古びたアパートが見えてきた。白壁に黴《かび》汚れが目立つが、錬鉄《れんてつ》の手すりがついたバルコニーや葡萄《ぶどう》のレリーフで飾られた入り口など、造りはなかなかレトロでおしゃれなアパートだった。老人は、そのアパートを指さし、「これがさっき言うてたアパート」と説明する。

「ほんで、こっちがうち」

と、彼は向かいに建つ一軒家に指を向けた。こちらも昔ながらの風情ただよう、町家風の家だった。表札に《三間《みま》》とある。三間老人は引き戸を開けて、鹿乃と慧をなかに招き入れた。そのうえ、座敷に通した鹿乃たちに、お茶菓子までふるまってくれる。お茶を運んできたのは、彼の妻だった。毛糸の帽子もベストも、彼女が編んだものだそうだ。

「祖母ははじめ、その夫婦の奥さんのほうと知り合《お》うたそうなんや。栗嶋さんのお参りのときに」

『栗嶋さん』というのがあの栗嶋堂の呼び名らしい。

「さっきも言うたとおり、うちは代々、栗嶋さんにお参りするんが日課やさかい、祖母も毎日お参りしてたんやけど、その奥さんとしょっちゅう会う。熱心なひとやと思てたそうや。何遍も顔を合わせるんやさかい、あいさつを交わすとこからはじまって、そのうち身の上話まで聞く間柄になったんやと。その奥さんは、お姑さんがずいぶんきついひとやったみたいや」

「子供ができなかったからですか」

そやそや、と三間老人はうなずいて、鹿乃の顔を眺めた。

「ほな、やっぱりこの夫婦が、あんたらがさがしてはるひとらなんやな」

「そうみたいです」

「そらよかった」と、老人はうれしそうな顔になる。根っから、親切なひとのようだ。

「こんなこともあるんやな。粟嶋さんのおぼしめしやろか。——祖母はその奥さんにえらい同情して、なにかあったらうちの下宿屋に逃げてきたらええ、と言うたそうや。その矢先に離縁させられそうになって、だんなさんと一緒に身を寄せることになったんや。半年ばかり住んでたそうやな」

「はい。——それで、印象深いことって、なんやったんでしょう?」

うん、と三間老人はいったんお茶を飲んで、唇《くちびる》を湿らせる。

「あるときな、淡島願人が門付《かどづ》けに来たんやわ。若いひとには、淡島願人てわからへんやろな」

鹿乃は、慧と顔を見合わせた。良鷹からの説明で聞いた覚えがある。

「いえ、わかります。淡島神社の祭文を唱えて、喜捨《きしや》を集めてはったひとたちですよね」

「若いのに、物知りなんやな。そや、それ。戦後もしばらくは、ちらほら見かけたもんやけど。そのとき来た願人は、女のひとやったそうや。奥さんは熱心なひとやさかい、寄進しようとしたら、訛《なま》りで相手が加賀出身やてわからはったみたいでな。奥さん、懐かしがって、あれこれ地元の話をしはったそうなんやけど、たいへんなことになったんは、そのあとや」

「たいへんなこと?」

「その淡島願人は、身重やったんや。そやさかい、奥さんはあやかりたいて思て、余分に寄進しようとしはったらしいけど、それが、急に産気づいてしもて」

「えっ」

「たいへんや、ちゅうて願人をここにつれてきて、祖母が産婆《さんば》を呼んで、ここで産んだんや。みんな、あわてふためいてたらしいわ」

ここ、と老人は畳を指さす。この座敷でか、と鹿乃はなかを見まわした。

「赤ん坊は無事に生まれたんやけどな。身重の体で勧進して回ってたんやさかい、無理がたたったんやろな。願人はそのまま亡くなってしもた。祖母と奥さんたちとで、手厚う弔《とむら》ったそうや」

各地を放浪する願人であるから、身元などわかりようもない。無縁仏として、近くの墓所に葬られたそうである。

「それやったら――その赤ん坊は」

鹿乃のつぶやきに、三間老人はうんうんとうなずく。

「そや、女の子やったんやけどな、母親が死んでしもて、どないしよ、てことになった。そしたら――」

「瓜生夫妻が、引き取らはったんですか」

「なんや、知ってはるんか。そや。奥さんは同郷ていうのもあって、これもなにかの縁やろ、て」

——やはり、千賀子は瓜生夫妻の実子ではなかったのだ。

彼女が知りたくなかった事実を、証明してしまっただけだ。どうしたらいいのだろう、と鹿乃は悩む。

「家に戻ってからも、奥さんは月命日にかならず墓参りに来てはったそうやで。赤ん坊を残して死んでしまうやなんて、どれだけ心残りやったか、て言うて。ひょっとしたら、子供ができひん自分のために、神さまが与えてくれた子なのかもしれへん、それやったら、あの女性はそのために死んでしもたんやろか、申し訳ない——そう言うてはったそうや」

「……神さまが……」

もしかしたら、自分の願いのせいで、あの女性は死んでしまったのかもしれない——槇子はそう思っていたというのだろうか。

「その亡くなった淡島願人にしたら、下手なとこで産気づいたら子供も助からんかったやろし、子供は元気に生まれて、しかも夫婦に引き取ってもらえたんやさかい、感謝してると僕なんかは思うけどなあ」

「わたしもそう思います」

と、鹿乃は答えた。そやろ？　と三間老人は言って、笑った。

「赤ん坊も、まだ生きてたらもうええ歳のおばあさんやろうけど、元気やとええなあ」

元気ですよ、と教えたかったが、遺族をさがしているという理由を言ってしまった手前、言うわけにもいかない。気のいい三間老人に礼を言って、鹿乃と慧は家をあとにした。

「槇子さんは、自分が粟嶋さんにお祈りしたせいで、千賀子さんの母親が死んでしまったんかもしれへんて、本気で思てたんやろか」

帰りの車中で、鹿乃はつぶやくように言った。慧に問いかけたのではなく、半分ひとりごとだったが、慧は律儀に応じてくれる。

「うしろめたさがあったからじゃないか」

「うしろめたさ？」

「瓜生夫妻は、千賀子さんには、生みの母親のことを教えなかった。自分たちの実子として育てた。そのほうがいい面もあるだろうけど、生みの母親の存在をなかったことにしてるわけだ。そのことに、槇子さんは葛藤もあったんじゃないか？」

当人じゃないからわからないけどさ、と付け足す。

「そっか……そやな」

——うしろめたさ。

鹿乃は、あの帯を思い浮かべる。ひと針、ひと針、丁寧に糸が刺しこまれた手毬の刺繍。やさしげな男雛、女雛の顔。そこから静かに伝わってくるのは、切々とした想いだった。激情ではなく、執念でもない。

槇子は、毎月、墓参りに訪れていた。無縁仏の前で、手を合わせて、なにを語りかけていたのだろう。

「……槇子さんは、懺悔《ざんげ》してはったんやろか」

「亡くなった女性にか？」

「うん……」

「そうかもな」

あなたのことを、子供に伝えられなくて、ごめんなさい、と。そう謝りに行っていたのかもしれない。

「それに、同郷ってのも大きかったんじゃないか？　そのぶん、亡くなったことに対する同情も強くて、墓参りしてたのかもな」

「そう言うたら、三間さんも言うてはったな。同郷ていうのも、なにかの縁やろ、て槇子さんたちが言うてはったて」

「知らない土地で同郷のひとに会うってのは、とくべつだよ。同郷ってだけなのに、仲間に会えたような気がするから」

関東出身の慧が言うと、説得力がある。

「そうなんや。……京都で暮らすん、ほんまはいや？」

慧は鹿乃をちらりと見て、笑った。

「おまえが生まれて、育った場所なのに？」

いやなわけないだろ、と言う。なぜだかまぶしさを覚えて、鹿乃は目を細めた。慧の表情や、言葉のひとつひとつがまぶしくて、あたたかい。慧にとっての鹿乃もそうであることを、鹿乃はまだ知らない。


野々宮家に戻った鹿乃は、自分の部屋に向かった。桐簞笥の抽斗を開けて、着物をさがす。槙子がどんな想いであの帯に刺繡をしたのか、鹿乃は考えていた。千賀子は、あの帯には子供が欲しいという槙子の執念がこもっているのだと言ったが、あの帯にこめられているのは、死んでしまった千賀子の母親への想いではなかったか——と、鹿乃は思う。うしろめたさと、申し訳なさと、同郷の者に向ける純粋な哀悼《あいとう》。それと、もうひとつ。

鹿乃は着物を何枚か、ベッドの上に並べた。いずれも花柄の、やさしい雰囲気の着物だ。

すべて加賀小紋《こもん》である。金沢《かなざわ》を中心とした地方で作られる、型染めの小紋だ。

「……これがええやろか」

鹿乃は並べた着物から一枚を選《え》り分け、残りを箪笥にしまった。選んだのは、水色の地に、菊や梅、桜と、色とりどりの花を型染めした小紋だ。鹿乃はいったん部屋を出ると、一階の広間に向かう。広間では良鷹がプリンを食べていた。帰りがけに鹿乃が買ってきたものだ。向かいのソファでは、慧がコーヒーを飲んでいる。鹿乃は衣桁にかけられた帯を外したが、ふたりはなにも言わなかった。帯を抱え、部屋に引き返す。そのあいだも、帯はくぐもった、けれど軽やかな鈴の音を響かせていた。やわらかく鳴る鈴の音が伝えるのは、懐かしさではないだろうか。加賀で生まれた少女だった者には、ひどく懐かしい音だ。

部屋に入り、帯をベッドに置いた着物の隣に並べると、鹿乃は着替えはじめた。

亡くなった淡島願人は、身元がわからず、無縁仏として葬られた。身元がわかれば、加賀で葬ってあげることもできただろう。異郷の地に、名前も記されず眠ることになった彼女のために、この帯は作られたのではないかと、鹿乃は思う。雛人形は淡島願人であった彼女を表し、加賀手毬はそのふるさとに因《ちな》んでいるのだ。

そこには、せめて加賀にゆかりのあるもので彼女を悼《いた》みたいという、槇子の想いがあるのではないだろうか。だから鹿乃は、加賀小紋を選んだのだ。

着物に袖を通し、帯を締める。槙子の想いに、おなじ故郷の小紋が寄り添う。叶うならば、槙子の想いが、亡くなった淡島願人に届けばいいと思う。

鹿乃は帯に手をあてる。鈴の音は消えていた。

しばらく帯を見おろしていた鹿乃だったが、顔をあげ、扉のほうに向かう。部屋を出て、また階下におりた。広間の扉を開けると、慧と良鷹がふり向く。

「千賀子さんとこ、つれてってくれへん？」

慧が立ちあがり、良鷹が「行ってこい」と言った。鹿乃はうなずいて、慧とともに家を出た。

車は岡崎のほうへとひた走る。平安神宮の赤い大鳥居が、青空の下であざやかにそびえたっているのが見えた。千賀子の家に着き、呼び鈴を押す。千賀子はなかなか出てこなかった。留守なのか、あるいは鹿乃だと察して、居留守を使っているのか。

「その帯――」

うしろのほうで声がして、鹿乃はふり返る。買い物袋をさげた千賀子が立っていた。留守だったのだ。

千賀子は呆然とした様子で、帯に見入っていた。鹿乃は彼女に向き直り、帯に手を添えた。

「鈴の音、もう聞こえへんでしょう」

千賀子は唇を引き結び、鹿乃の言葉を無視して玄関の前に立った。鍵をとりだし、開けると、戸に手をかける。

「この帯には、槇子さんの執念なんか、こもってません」

鹿乃は、千賀子の手をつかんだ。千賀子は驚いたように鹿乃を見る。鹿乃は手をつかんだまま、言いつのった。

「話を聞いていただけませんか。どうしてもいやや、言わはるんやったら、帰ります。そやけど、槇子さんの想いをちゃんと知ってほしいんです。千賀子さん、誤解してはります」

千賀子は眉をよせたが、鹿乃に見つめられて、目をそらす。だめかと思ったが、千賀子は戸を開けて、無言でなかに入るよう、うながした。

先日とおなじ座敷に通され、鹿乃と慧は腰をおろす。

「母の執念やなかったら、何なん」

座卓の向かいに座りながら、千賀子はつっけんどんに訊いた。

「槇子さんたちが一時期、家を出て暮らしてはったところで、話を聞いてきました。どこかご存じですか？」

「……知らへん」

「下京にある栗嶋堂の近くです。そこで槙子さんはあなたの生みの母と出会ったんです」

生みの母、という言葉に、千賀子の頬がぴくりとひきつった。千賀子は聞きたくないことかもしれないが、これを言わないことには、さきに進めない。彼女もそれがわかっているのか、口を挟まなかった。

「あなたの生みの母は、加賀出身のかたやったんです。それで槙子さんは親近感を持たはって……でも、そのひとは急に産気づいて、あなたを産んで亡くならはった」

はっと、千賀子は顔をあげた。「亡くなった？」

「そうです。そのひとは加賀出身やていうこと以外、身元がわからへんかったそうで、槙子さんたちが手厚く弔ったそうです。ほんで、これも縁やからと、あなたを引き取らはった」

「縁……」

「……槙子さんは、自分が神さまに子供が欲しいて熱心にお祈りしたから、自分にあなたという子供を与えるために、母親が亡くなってしもたんやないかと、思ってはったそうです。申し訳ない、って。槙子さん、月命日にはいつもお墓参りしてはったそうです」

千賀子は目をみはっている。

「これは想像ですけど、槙子さんは、そういう気持ちと、あなたにほんとうのことを言えへん苦しさと、亡くなってしもた女のひとに対する同情の気持ちと……そんなものが混ざって、この帯を作らはったんやないかと思うんです。執念、て言わはりましたけど、この帯から、ほんまにそんなものを感じますか?」

鹿乃に問いかけられて、千賀子は黙って帯をじっと見つめる。

「この刺繡、ひと針、ひと針とても丁寧に刺してあって、お雛さまもやさしいお顔をしてはります。これを刺した槇子さんは、やさしいひとやったんやろな、て伝わってきます。そやから、亡くなった女のひとのことも、ずっと忘れられへんかったんやないか、て思うんです」

千賀子は口もとを押さえる。鹿乃は言葉を続けた。

「おなじ故郷やったひとのことを想って、この帯を作らはったんと違いますやろか。この帯にこめられてるのは、うしろめたさと、申し訳なさと、追悼《ついとう》と——それから、感謝」

「感謝?」

「あなたを産んでくれたことに対する、感謝の想いです」

そういう想いがつまった帯なのではないかと、鹿乃は思うのだ。

千賀子の口もとを押さえる手が、震えている。息が荒くなって、苦しそうだった。鹿乃は立ちあがり、彼女のそばに膝《ひざ》をついて、その背中をさする。

「大丈夫ですか」

千賀子はうなずき、しかし、そのままうなだれ、畳に手をついた。肩が震え、しゃくりあげる声が洩れはじめる。鹿乃は、黙って千賀子の薄い背中をさすり続けた。

「……わかってる。その帯が執念で作られたもんやないことくらい、わかってた」

嗚咽《おえつ》がおさまったころ、千賀子が細い声で言った。

「ひと針、ひと針、やさしい情のこもった刺繡や。母はわたしのハンカチでも肌着でも、薔薇《ばら》がええて言うたら薔薇を、猫がええて言うたら猫を刺繡してくれはった。こういう巾着が欲しい、て本を見せたら、そのとおりに作ってくれはるひとやった——そやから、わかってたんや、そんなことは」

鹿乃は、敏子の言葉を思い出していた。——『刺繡やら巾着やら、お母さんが作らはったもの、瓜生さんは大事にしてはったわ』。槇子は千賀子に惜しみない愛情をそそいでいたし、千賀子もそれをちゃんと受けとっていたのだ。

「……ほんまは、知ってたんや」

深い息を吐いたあと、千賀子はぽつりと言った。

「帯のことを調べる前に、わたしが両親の実子やないてこと……祖母から聞いて」

「お祖母さんが……？」

千賀子に冷たかったというひとか。

「わたしが十八のとき、祖母が亡くなった。臥《ふ》せってた祖母を、母と交代で看病してて、臨終のときにそばにいたのはわたしやった。そのとき、祖母はわたしを憎むような目でにらんで、言うたんや。——おまえはわたしの孫やない。あの嫁が、どこかから拾ってきた子供や。どこの馬の骨ともわからん子供が、我が物顔で瓜生を名乗ってるやなんて——。そう声をふり絞って、事切れたわ」

「……ひどい」

最期にそんな言葉を投げつけて逝《い》かずとも、いいだろうに。

「それを、黙って抱えてはったんですね」

十八のときからずっと。

千賀子はうなずいた。「母にも、父にも、とても訊けへんかった。わたしはほんまの娘やないんですか、なんて」

だから、婿《むこ》入りではなく、嫁に来てほしい、と夫に望まれたときには、ほっとしたのだという。もう瓜生の名を名乗らずにすむ、と。その名は祖母につながっているから。

「嫁入りするとき、両親はひとつも反対しいひんかった。そやさかい、ああ、やっぱりわたしは実の娘やないいんやな、と思ったりもして……」

「そんな――」

「わかってる。そうやない、ふたりとも、そのほうが幸せになれるんやったら、て送りだしてくれたんや。わかってる……」

それでも、祖母の言葉がずっと呪いになって、彼女の背中にのしかかっていたのだろう。

鹿乃は胸が苦しくなって、千賀子の背中をさすった。

「芙二子さんのせいやない。ほんまは、もっと前から知ってたんやさかい。芙二子さんが帯のことを調べたから、知ってしもたんやないんや。そやけど、認めたなかった。どうしても、認められへんかった。それで、芙二子さんに腹立てることで、目をそらしてたんや」

芙二子さんはなんも悪ない、と千賀子は座布団を握りしめる。

「悪かったんは……わたしや。最初から、ずっと。それやのに……」

「いいえ――いいえ」

鹿乃は千賀子の肩に手を置いた。

「祖母は、わかってたと思います。千賀子さんのそういう気持ち、たぶん、わかっていて――だから、この帯を残して、わたしに託したんです」

千賀子はうつむけていた顔をあげ、鹿乃を見る。鹿乃は千賀子の背中に手を回して、そっと抱きしめた。そうしなくてはいけない気がした。鹿乃にそうさせたのは、たぶん――

この帯だ。彼女のふたりの母が、きっと。

千賀子もまた、手を伸ばす。帯を抱きしめるように、鹿乃の体に手を回した。指先で刺繡をなぞり、千賀子は目を閉じる。その頰がまた濡れた。


「この帯、どうしはりますか」

お茶を淹れて、三人でひと息ついたあと、鹿乃は訊いた。千賀子は、瞳を細める。帯の雛人形が浮かべているような、やさしい表情だった。

「返してもらうことはできるやろか」

「ええ、もちろん。それがいちばん、ええと思います」

加賀小紋は持ってはりますか、と訊く。槇子のものがあるという。それなら、また鈴が鳴っても大丈夫だろう。

それじゃ、と鹿乃は帯締《おびじ》めに手をかける。

「え?」と千賀子が目を丸くし、慧が「おい、鹿乃」と焦ったように声をかけた。鹿乃は帯締めをほどいて、帯揚《おびあ》げもとってしまう。

「まさか、ここで返すつもりか?」

「うん。着物やないし、車で帰るんやし、べつにええやろ」

慧は言葉を失っている。この帯はながらく千賀子のもとを離れていたのだから、早く戻りたいだろうと思ったのだ。

帯をほどいて、軽くたたんで、千賀子に渡す。受けとった千賀子は、じっと帯の刺繍を見つめていた。

「ありがとう。あなたも……芙二子さんも」

鹿乃はほほえむ。

「祖母に伝えておきます」

そう言うと、千賀子はすこし不思議そうな顔をしたが、「お願いするわ」と笑った。

帰る段になって、玄関を出ようとした鹿乃の肩に、慧が自分のコートをかける。

「車に乗るまで羽織ってろ」と言う。ありがたく借りた。

「おまえは、ときどき思いがけない方向に大胆《だいたん》なんだよな」と、帰りの車中で慧は苦笑まじりに言った。

「そやろか」

「そうだよ」

「わたしは慧ちゃんのほうが大胆やと思うけど……」

「どこがだよ。俺は慎重派だぞ」

「だって……手ェ握ってきたりするやん」

「そんなの前からしてるだろうが」

「そやけど、前とは違うもん」

おなじだが、違うのだ。慧は一拍置いて、「まあ、そうだな」と同意した。

「おなじことしてるのに、違うってのも変な感じだな」

うん、とうなずきつつ、鹿乃は慧の横顔を眺めた。

「……慧ちゃん」

「なんだ？」

「車おりたら、手、つないでもいい？」

慧は黙ってしまった。赤信号で車がとまってから、ようやく鹿乃のほうを見て口を開く。

「だから、おまえ、運転中にそういうことを言うんじゃないって言っただろ」

「変なことは言うてへんやん」

「変なことじゃなくてもだめだ」

「慧ちゃんのケチ」

「ケチでいいよ」

慧は取り合わない。結局、問いに答えてないではないか、と鹿乃はむくれる。そんな鹿乃に慧はちょっと笑って、手を伸ばしたかと思うと、鹿乃の頰に触れた。撫《な》でるようにかすかに動いたあと、すぐに離れる。

「手ぐらい、訊かなくてもいくらでもつなげばいいだろ」

「……ほんと？」

「ああ」

うれしくなって、鹿乃は笑う。「あ、でも」と慧は思い出したように付け足した。

「良鷹のいないところでな」

「なんで？」

「あいつの恨みは深いんだぞ」

「……」

たぶん、いまごろ家で、良鷹がくしゃみをしている。


夜、鹿乃はテラスから庭に出た。空まで凍《い》てつくような冬の夜は去り、春の闇《やみ》はどこかおぼろだ。やわらかな闇のなかに、すべてが溶けているような気がする。草木の吐息も、星のまたたきも、誰かの秘密も。

「白露」

周囲を見まわし、鹿乃はそう呼んだ。しばらく待って、笑みを浮かべる。いつのまにか、まだつぼみの硬い雪柳のそばに白猫が佇んでいた。真っ白な毛並が、闇のなかにぼうと輝いているように見える。

「あのな、千賀子さんがな、お祖母ちゃんに『ありがとう』て言うてはった」

白露は、わかったのかどうか、鹿乃の顔を眺めたあと、ふいと雪柳の陰に消えてしまった。にゃあ、とその陰から声がする。わかった、という返事だろう。

「そろそろ、蔵の着物も終わりやろ」

こちらもまた、いつのまにいたのか、良鷹がうしろに立っていた。

「うん。あと一枚」

「ふん」

うん、とふうん、のあいだのようなあいづちを打って、良鷹はぼんやりと闇を見つめている。鹿乃は良鷹のそばに歩みより、彼の体にもたれかかった。

「なんや」

「お兄ちゃんは、わたしと慧ちゃんに、怒ってる?」

良鷹は、無表情のまま鹿乃を見おろしたかと思うと、大きな手で鹿乃の頭を撫でまわした。髪がぐしゃぐしゃになる。

「お兄ちゃ――」

「あほ言うな。怒ってへん」

髪が乱れたまま、鹿乃は良鷹を見あげた。星明かりのなか、良鷹の顔は薄ぼんやりとしか見えないが、そのぶん、やわらかくやさしいなにかが、彼からにじんでいるのを感じる。それは闇に溶けて、鹿乃に染みこんでくるようだった。昔からずっと、鹿乃にそそがれてきたもので、鹿乃もまた、ずっと良鷹にそそいできたものだった。

「俺はこれからもずっと、おまえの兄貴やから」

ぽつりと言われた言葉に、鹿乃は「うん」とうなずく。

「わたしも、ずっとお兄ちゃんの妹や」

暗がりのなかで、良鷹はかすかに笑ったようだった。

このひとの愛情が、ずっとわたしを守ってきたのだ、と鹿乃は思う。夜の闇のように、静かに、そっと。その幸福を思うと、鹿乃の胸のなかが、あたたかいものでゆっくりと満ちて、あふれてゆく。

鹿乃は、良鷹の腕に顔を押しつけた。

「髪、ぐしゃぐしゃになってしもた」

「といたるわ」

「うん」

ふたりはそろってきびすを返し、家のなかへと戻っていった。にゃあ、とまた白露の鳴く声が、聞こえた気がした。

散りて咲くもの

学校からの帰り道、商店街のアーケードのなかを歩いていた鹿乃《かの》は、ふと、足をとめてふり返った。

昼前の商店街には、おもに中年から初老の女性が多く行き交っている。そのひと波のなかに、見知った顔があったような気がしたのだ。だが、ふり返ってみてもそのうしろ姿は見つけられなかった。気のせいだったろうか。——春野《はるの》かと思ったのだ。

鹿乃はしばらく行き交うひとを眺めていた。古ぼけたアーケードの屋根を通して、明るい春の陽射《ひざ》しが辺りに満ちている。ひとびとのざわめきも、こころなしか、冬のころよりはずんで聞こえた。鹿乃は体を前に戻し、歩きだす。行きつけの青果店で菜の花と春キャベツを買って、家に向かう。

春野は元気にしているだろうか。蹴上《けあげ》のインクラインで別れてのち、会っていない。きっと、もう、会うことはないのだろう、と予感していた。

慧《けい》が好きなのだと、それは曲げようのない想《おも》いなのだと、わからせてくれたのは、春野だ。だから、感謝をしている——と言えば、失礼になるだろう。彼は鹿乃の感謝など、欲していないのだから。

鹿乃を、和泉式部《いずみしきぶ》に似ている、と言ったのを思い出す。見知らぬ領域に心をさまよわせているような、巫女《みこ》みたいな魅力がある……と、彼は言った。

野々宮《ののみや》家のことをなにも知らないだろうに、春野は、その辺りのことを看破していたように思う。鹿乃は、最近よく、野々宮家のことを考える。もとは山の神に仕えた巫女の血を汲《く》む、女系の家。野々宮の女たちのことを——ひいては自分のことを、考えている。春野を見かけたような気がしたのは、なにかの巡り合わせだったのだろうか。そのことで、鹿乃は、ある着物のことが思い出されていた。

蔵《くら》からまだ出していない、最後の着物。いつ出そうか、迷っていた。あの着物は最後にしようと決めていた。

あれは、野々宮家の女性の着物だからだ。

「ただいま」

家に帰った鹿乃は、まず広間の扉を開けた。良鷹《よしたか》に『ただいま』を言うためだ。が、良鷹はいつも寝そべっているソファにいなかった。買ってきた野菜を冷蔵庫にしまって、ついでに手を洗って、鹿乃は二階にあがる。部屋に鞄《かばん》を置くと、書斎に向かった。扉を開けると、机の前に良鷹がいた。このところ、良鷹は広間のソファではなく、こちらにいることが多いのだ。

「ただいま」

声をかけると、「おかえり」と返ってくる。机の上にはノートや原稿用紙のたぐいが積まれていた。

「それ、お父さんのノート?」

「そうや。整理してんねん。テーマも年代もばらばらに書きこまれてるから。書きかけの原稿用紙もあちこち散らばってるし」

どうやったらこんなぐちゃぐちゃにできるんや、と良鷹はぶつぶつ文句を言っているが、ぐうたらな彼が進んでやっているのだから、面白いのだろう。

「お昼、いまから作るわ。オムライスにするけど、いい?」

「うん」と良鷹は答えて、またノート類の整理にかかる。鹿乃は部屋に戻って服を着替えると、台所に向かった。昼ご飯は簡単にオムライスにして、買ってきた春キャベツと菜の花は晩ご飯に使おう、と思っている。鶏肉《とり》と刻んだ野菜を炒《いた》めていると、良鷹がやってきた。何とも言わず、冷蔵庫から出してあった卵をボウルに割り入れてくれる。手伝ってくれるらしい。

「もう整理は終わったん?」

「途中や。あんなもん、すぐには終わらへん」

「なんで急に整理しだしたん?」

「ごちゃごちゃしとったら、さがしにくいやろ。おまえが大学入ったら、ああいうノートも見たなるやろし」

「わたし？」

鹿乃は炒めていた手をとめる。自分のために整理してくれていたとは、思わなかった。

「……ありがとう。お兄ちゃんは――」

「焦《こ》げるで」

鹿乃はあわててまた手を動かす。

「お兄ちゃんかて、お父さんの研究、興味あるやろ？」

「俺はべつに」

そっけなく言って、良鷹は卵を菜箸《さいばし》で溶いている。そうだろうか、と鹿乃は思う。兄はたぶん、父や曽祖父《そうそふ》が研究していた分野が好きなのだ。この前、淡島《あわしま》信仰について教えてくれたときも、さっきも、生き生きとして見えた。

チキンライスを作り終えると、鹿乃はあとを良鷹に任せた。玉子でご飯を包むのは、良鷹のほうがうまい。フライパンに伸ばした玉子の上にご飯をのせて、柄をたたきながら、良鷹は器用に玉子で包んでゆく。皿に移されたオムライスは、黄金色に輝いていた。オムライスの上にはいつもケチャップでハートマークを描いている。子供のころからの癖だが、良鷹はこれについて文句を言ったことはない。

「お兄ちゃん。今日、蔵の着物を出してみようと思うんやけど」

オムライスを食べながら、鹿乃は言った。

「最後の一枚か？」

「うん」

「おまえのしたいようにしたらええんちゃう」

蔵の着物の管理は鹿乃の役目だからと、良鷹はいつも鹿乃のすることに口出しはしない。

「その着物な、野々宮家のひとの着物やったみたい」

良鷹は手をとめる。

「うちの？　誰や？」

「名前はわかってるんやけど……《野々宮英子《えいこ》》って、目録には載っとった。お兄ちゃん、知ってる？」

良鷹は考えるように皿を眺めた。

「いや、聞き覚えないな。曽祖父母の名前くらいまでならわかるけど」

「もっと昔のひとなんやろか」

それなら、どうやって調べたらわかるのだろう。

「まあ、調べようはいろいろあるけど」

そう言って、良鷹はふたたびスプーンを動かす。

「とりあえず、ご飯食べてからや」

うん、と鹿乃もオムライスを口に運んだ。

食事を終えると、鹿乃は蔵の鍵と目録を持ってきた。良鷹とともに蔵に向かう。蔵を開けると、古い埃《ほこり》のような独特のにおいがただよう。このにおいにも、もう慣れた。一年ほど前にこの蔵を開けたときには、うっすらと全体に埃が積もっていたのを思い出す。

「もう一年たつんやなあ」というつぶやきは、薄闇《うすやみ》に吸いこまれてゆく。鹿乃は簞笥《たんす》の抽《ひき》斗《だし》に手をかけた。最後の一枚なので、さがさずともわかる。抽斗の一番上にあるたとう紙をとりだし、良鷹に渡した。抽斗を閉めようとすると、良鷹が「鹿乃」と声をかけてくる。

「なに？」

「慧ともうキスくらいしたんか？」

鹿乃は一瞬、ぽかんとして、すぐに真っ赤になった。

「し……してへん！　なんやの、お兄ちゃん、もう！」

鹿乃は良鷹を追いだすように蔵を出て、鍵をかける。

「べつに訊《き》いてもええやろ、それくらい」

「あかん。今度そんなん訊いたら、もう口きかへんから」

「え」

良鷹は黙ってしまった。母屋《おもや》に戻るあいだもずっと黙っていたので、ちらりと顔を見あげてみると、無表情ながらどことなく哀愁《あいしゅう》がただよっていて、鹿乃は気がさした。

「……『口きかへん』ていうのは、おおげさに言うただけやから……」

と言うと、良鷹は鹿乃を見おろして、「ん」とうなずいた。

「でも、変なこと訊いたら、怒るで」

「なるべく言わへん」

「なるべく、て」

まったくもう、と思いつつ、鹿乃は広間に入る。くだらないことを言い合っている場合ではない。たとう紙を開いて、着物を衣桁《いこう》にかけた。

「桜か」

きれいやな、と簡潔に良鷹が言う。そのとおり、きれいだった。白の縮緬《ちりめん》地に描かれた、一面の桜。色はない。水墨画《すいぼくが》のように墨《すみ》の濃淡のみで描かれた桜だった。開いた花もあれば、つぼみもある。花のそばには、若葉も萌《も》え出ている。山桜だ。色はないのに――いや、むしろ色がないせいか、ほんのりとした薄紅《うすべに》や、芽吹いたばかりの臙脂《えんじ》色の若葉や、陽に照り映える緑の葉が、目の前に迫ってくるようだった。冬の眠りから覚めつつある山の息吹《いぶき》さえ感じる。まるで桜が着物のなかで生きているかのようだ——と思った鹿乃の顔の横を、なにかがひらりと舞った。

はっ、とふり向いた鹿乃のまわりを、ひとつ、またひとつと白いものが翻《ひるがえ》る。雪——ではない。花びらだ。

桜の花びらだった。

「あっ……」

風の鳴る音がして、視界が白くなる。舞い散る桜で、辺り一面が覆《おお》われた。目も眩《くら》むような桜吹雪《ふぶき》。吹きつける花弁に思わず目を閉じて、ふたたび開けると、花は消えていた。まわりから、だけではない。着物からもだった。

描かれていたはずの桜の花が、消えている。ひとつ残らず。白い着物の上には、枝だけがむなしく伸びていた。

「……花がなくなってしもた」

桜吹雪になって、散っていった。

鹿乃は手を伸ばし、着物に触れる。絹の冷たくもやわらかく、あたたかな風合いが指に心地いい。

「目録は？」と良鷹が問う。鹿乃はテーブルに置いておいた目録を手にとった。

《桜の園　縮緬地桜柄《がら》着物　野々宮英子》

目録には、そう書かれている。

「《桜の園》ていうたら……チェーホフのか？」

「なに？」

「そういう戯曲があんねん。没落する貴族と新興成金の話。うちの書斎にも置いてあったはずやで」

「ふうん……」あとで読んでみよう、と思う。

「この、野々宮英子さん、ていうのは？　お兄ちゃん、調べようはいろいろあるて言うてたけど」

「手っ取り早いのは家系図やな」

「家系図？　そんなん、あるん？」

「あるで。おまえは見たことなかったか」

と言って、良鷹は広間を出る。鹿乃はそのあとに続いた。二階にあがり、仏間に入ると、良鷹は仏壇の下にある戸棚を開けた。そこから細長い桐箱《きりばこ》をとりだす。蓋《ふた》を開けると、なかには巻物が入っている。良鷹はそれを畳《たたみ》に置くと、ゆっくりと開いていった。

「あ、わたしの名前がある。お兄ちゃんも」

開いてゆくと、鹿乃や良鷹の名前、それから父母の名前が出てくる。祖父母の名前も――。

「信篤《のぶあつ》に汐子《しおこ》――これはひいお祖父《じい》ちゃんとひいお祖母《ばあ》ちゃんの名前やな。――あっ」

鹿乃は名前を追っていた指をとめた。

《英子》――という名が、そこにあったからだ。《信篤》の隣である。

「ひいお祖父ちゃんの……妹？」

「みたいやな」

「なんでそのひとの着物が……」

あんなふうに、桜を散らすのだろう。

「目録にある苗字《みようじ》が野々宮のままていうことは、結婚しはらへんかった、てことなんやろか」

「もしくは、嫁に行くような歳《とし》になる前に、亡くなった、とかな」

鹿乃は家系図の《英子》の文字を見つめる。文字を見つめていても、わかることなどない。

「どうしたら、このひとのこと、わかるんかな」

鹿乃の言葉に、良鷹も家系図を見て難しい顔をする。

「知ってるひと、ていうのもなあ、もう――」

言いかけ、良鷹は言葉をとめる。なにか思いついた様子で立ちあがった。そのまま部屋を出てゆく。鹿乃は急いで家系図をしまって、あとを追った。良鷹は一階におりている。

「どうしたん?」

階段をおりると、良鷹は電話台の前にいた。

「北窓堂《ほくそうどう》さんに電話してみる」

野々宮家が贔屓《ひいき》にしている骨董《こっとう》店である。

「あの店は昔からうちとは懇意《こんい》や。先代と曽祖父《ひいじい》さんも親しかったて聞いてる。北窓堂さんも、なにか知ってはるかもしれん」

そう言って良鷹は電話をかける。鹿乃は背伸びして受話器に耳をよせた。良鷹がちょっと身をかがめてくれる。そうこうするうち、向こうが電話に出た。

「良鷹くん? ひさしぶりやなあ」

良鷹が名乗ると、好々爺《こうこうや》らしい朗《ほが》らかな声が返ってくる。元気か、最近商売はどうだ、というような話のあと、北窓堂はようやく「ほんで、今日はどないしたんや?」と訊いてきた。

「北窓堂さんは、曽祖父の妹の、英子というひとのこと、なにか知りませんか」

「英子さん？　英子さんていうと……」

電話口でしばし沈黙が続く。思い出したのか、「ああ」という北窓堂の声がした。

「失踪《しっそう》したおひとかいな」

「えっ」と声をあげたのは鹿乃だ。――失踪？

「失踪て……行方不明になったんですか」と良鷹が訊く。

「そう聞いた覚えがあるけど、僕が生まれる前の話やし、詳しいことはよう知らんのやわ。その英子さんが十八やら十九やらのときやて聞いたやろか。書き置きがあったて」

ああでも、と北窓堂は付け足す。

「芙二子《ふじこ》さんは、違ったこと言うてはったな。いっぺん聞いただけやけど。たしか、叔母《おば》さん――芙二子さんにとっては叔母さんやさかい、そう呼んではったけど――『叔母さんは、山で神隠しに遭《お》うたんや』て」

「神隠し」

良鷹と鹿乃の声が合わさった。

「英子さんが失踪したんは、芙二子さんの生まれる前やったはずやけど、芙二子さん、会《お》うたことあるような口ぶりやったなあ。なんて言うてはったか、それ以外、覚えてないんやけど、そう思たんは覚えてるわ」

英子について、それ以上のことはわからない——と申し訳なさそうにする北窓堂に礼を言って、良鷹は受話器を置いた。

「失踪……神隠し、て」

鹿乃は、ううん、とうなる。「どういうことやろ」

良鷹は考えこむように電話をにらんでいたが、「とりあえず、さがしてみよか」と面倒くさそうに頭をかいた。

「さがすて、なにを?」

「書き置き。北窓堂さんが言うてはったやろ。書き置きがあったて」

鹿乃は首をかしげる。

「そやけど、お祖母ちゃんの言うように神隠しなんやったら、書き置きがあるんは変やんな」

「お祖母ちゃんがどういう意味で『神隠し』て言うたんか、わからへん。言葉通りの意味なんか、どうか」

たしかに、と鹿乃も思う。そもそも『神隠し』なんてことが、あるのか——不思議だらけの蔵の着物を目の当たりにしているから、ないとも言い切れない。

ともあれ、ほかに手がかりがないので、ふたりは英子の書き置きとやらをさがすことにした。

「書き置きいうても、どういうものなんやろ。手紙やろか」

蔵の着物にかかわるものなら、芙二子が保管しているかもしれない――と、鹿乃と良鷹は芙二子の部屋を捜索していた。文箱《ふばこ》や机の抽斗はこれまでも何度かあらためたが、書き置きのようなものは見たことがない。念のために再度そちらを調べてから、押し入れにある行李《こうり》のなかなどをたしかめてみた。が、手紙らしきものは見あたらない。

「ないなあ……」

「手紙の形と違うんかもな」

「手紙と違《ちご》たら、どんなん？」

「知らん」

うーん、とふたりして畳の上で考えこむ。

「書いて、残したもの……やったら、手紙やなくても、いろいろある……？」

と、鹿乃は頭をひねる。「絵とか、書とか――」

「書か」

良鷹は腰をあげる。

「それやったら、納戸《なんど》やな」

ふたりはふたたび階下におりて、納戸にこもった。納戸には希少な骨董からよくわからないがらくたまで、雑多にしまいこまれている。目録もろくにないありさまだ。

「書画のたぐいは、だいたいこの辺やな」

良鷹は棚を指さす。桐箱に収められた掛け軸のたぐいが並んでいる。「年代からいって——」良鷹の手が箱の上をうろつき、いくつかの箱をよりわけた。「この辺か」

下手に開いてうっかり破いてしまわないよう、手近にあった簞笥の上を片づけて、その上で掛け軸を開く。

「これは墨蹟《ぼくせき》やな。違う」

ちらりと見ただけで良鷹は掛け軸をしまう。墨蹟とは、禅僧の書のことだ。ほかの掛け軸も確認してゆく。和歌を書きつけた短冊や懐紙、消息《しょうそく》——手紙のことだ——、絵に書を添えた画賛《がさん》など、さまざまなものがあったが、いずれも英子とは関係のないものばかりだった。

「あれ?」

鹿乃は、棚の下段の隅に置いてある風呂敷包みに目がとまる。桜鼠《さくらねず》に白い桜花を散らした風呂敷で、いくつかの箱をまとめて包んであるらしく、形は不格好だ。鹿乃はその包みを引っ張りだした。

「そんなんあったか」

良鷹も手を添えて、箪笥の上に置く。下のほうにあったので、背の高い良鷹は見逃していたようだ。鹿乃が、頭より上にあるものに意識が行かないのと同様である。

包みをほどいてみると、細長い桐箱がふたつと、平たい桐箱がひとつ出てくる。細長い箱のほうは、掛け軸が入っているのだろうと蓋を開ければ、はたしてそうであった。掛け軸を開くと、やわらかく、流れるような美しい字でつづられた書が現れる。

「きれいな字やな」

文字には、やわらかさと清々《すがすが》しさがあった。水のように流れ、淀《よど》むことのない清らかさと強さに満ちている。

何て書いてあるん、と鹿乃は良鷹に尋《たず》ねる。草書なので、ほとんど読みとれないのだ。

「《願はくは花の下にて春死なんそのきさらぎの望月の頃》――慧に訊かんでもわかるわ。西行《さいぎょう》やな」

鹿乃も授業で耳にした覚えがあるくらい、有名な歌である。西行は源平の争乱の時代を生きた歌人だ。

良鷹はべつの箱を開け、入っていた掛け軸を広げる。そちらにも和歌らしきものが書きつけられている。

「《吉野山《よしのやま》花の散りにし木のもとにとめし心はわれを待つらん》」

読みあげて、それを脇にのけると、良鷹は平たい桐箱も開ける。中身はさらに布で包まれていた。布をとると、そこにあったのは、漆塗《うるしぬり》の文箱だ。黒い漆地に、朱漆《しゅうるし》で一風変わった花文様が描かれている。

「これは吉野塗《よしのぬり》やな。皿や椀《わん》はよう見かけるけど、文箱ちゅうのはめずらしい」

奈良《なら》の吉野地方で古くからある漆塗だそうだ。良鷹は蓋を開けた。なかには、色とりどりの短冊が収められていた。白藍《しらあい》に金で霞《かすみ》模様を描いたもの、青竹色に雲の模様が入ったもの、琥珀《こはく》色に金を散らしたもの——そういった短冊に、掛け軸とおなじ手蹟《て》で文字が書きつけられている。こちらも和歌だろう。

「《春風の花を散らすと見る夢はさめても胸のさわぐなりけり》……《春ふかみ枝もゆるがで散る花は風のとがにはあらぬなるべし》……ん？」

良鷹は短冊をかきわける。「封筒がある」

白い和封筒だった。表書きにはなにも書かれていない。が、良鷹が手にとった封筒の裏側が、鹿乃からは見えていた。

「お兄ちゃん、名前が書いてある——《英子》て」

良鷹は裏返す。筆ではっきりと《英子》と書かれていた。なかを見てみれば、入っていたのは折り畳まれた短冊だった。文箱にあるほかの短冊とおなじような作りだ。こちらは薄紅色に白いぼかしが入っていた。そこに文字が書かれている。

「《散る花を惜しむ心やとどまりてまた来ん春のたねになるべき》――これも和歌やな」

差出人のところに《英子》と書かれた封筒に入っていた短冊。

「もしかして、これが書き置き……？」

手紙ではなく、和歌だが。

――散る花を惜しむわたしの心がとどまって、また巡ってくる春に咲く花の種となるだろうか。

書き置きにしては、妙な和歌だという気がするが。良鷹はその短冊を、ほかの短冊の横に並べる。手蹟はおなじだった。これらぜんぶ、英子の書だということだ。

「この歌は、英子さんが詠《よ》んだものなんやろか。それとも、この掛け軸みたいに誰かの歌なんやろか」

鹿乃は西行の歌が書かれた掛け軸を手にとる。

「さあ。慧に訊いたら早いんとちゃうか」

「慧ちゃん、仕事やろ」

自分で調べるからいい――と言いかけたとき、呼び鈴が鳴った。掛け軸を箱に戻して、鹿乃は玄関に向かう。扉を開けると、そこにいたのは、慧だった。

「慧ちゃん。どうしたん？」

ちょうど名前が出たところだったから、鹿乃は驚く。慧は持っていたレジ袋をかかげた。

「大学から帰るところだったんだけどさ、寄ってみた」

レジ袋の中身は、三色団子だった。花見にはまだ早いが。慧はときどき、こうして手土産《みやげ》を持って野々宮家に立ち寄る。鹿乃がいるときもあれば、いないときもあった。たぶん、鹿乃だけでなく、良鷹のことも気にかけているのだろう。

「いま慧ちゃんのこと、話してたとこやったんよ」

「じゃあ、おふじさんが呼んだのかもな」

冗談なのか、本気なのかわからないことを真顔で口にする。ふと庭を見れば白猫が視界をよぎったので、冗談ではないのかもしれなかった。

「ええとこに来たわ、慧」

良鷹が風呂敷包みを抱《かか》えて慧を出迎える。英子の掛け軸やら短冊やらを包んでいた桜柄の風呂敷だ。鹿乃たちは広間に入る。良鷹は包みをテーブルに置いて、中身をとりだした。

「――桜の散る着物か」

ひととおり鹿乃から説明を受けて、慧は衣桁にかけられた着物を眺める。

「で、こっちが英子さんの残した書か」

一瞥《いちべつ》して、西行だな、と言う。

「この掛け軸やろ？　それはわたしもわかるんやけど――」

「いや、ぜんぶがさ」

「え？」

ぜんぶ？　と訊き返すと、慧はうなずいた。

「ちょっとうろ覚えの歌もあるが、たぶん――ここの書斎に『山家集《さんかしゅう》』はあったか？」

良鷹が、「あったと思う」と答える。持ってきてくれ、という慧の要請に、良鷹は面倒くさそうにしながらも腰をあげた。

「『山家集』って？」

「西行の歌集だよ」

慧は短冊を一枚、一枚、テーブルの上に並べてゆく。短冊は封筒に入っていたものもふくめて、六枚あった。掛け軸と合わせて八首の歌が書きつけられていることになる。

「桜の歌ばかりだな」

慧がそうつぶやいたとき、良鷹が戻ってきた。『山家集』を受けとり、慧は索引を確認している。

桜の歌――。鹿乃は着物に目を移す。桜の歌に、桜の着物。いったい、英子にどんな想いがあったのだろう。

「やっぱりぜんぶ西行の歌だな」

慧がノートに歌を書きだしてくれる。

《願はくは　花の下にて　春死なん　そのきさらぎの　望月の頃》

《吉野山　花の散りにし　木のもとに　とめし心は　われを待つらん》

《春風の　花を散らすと　見る夢は　さめても胸の　さわぐなりけり》

《春ふかみ　枝もゆるがで　散る花は　風のとがには　あらぬなるべし》

《吉野山　梢《こずえ》の花を　見し日より　心は身にも　そはずなりにき》

《いかでわれ　この世のほかの　思ひ出に　風をいとはで　花をながめん》

《木のもとに　旅寝をすれば　吉野山　花のふすまを　着する春風》

《散る花を　惜しむ心や　とどまりて　また来ん春の　たねになるべき》

「ここでいう《花》ってのは、桜のことだから――」

「桜の歌ばっかり、なんやな」

そもそも、と慧は『山家集』に手を置く。

「西行の歌には、桜を詠んだものがすごく多いんだ」

「桜が好きなひとやったんやな」

なにせ、『春、桜の下で死にたい』とまで詠んでいるのだから。

「英子さんも、そうやったんやろか」

「着物も桜だし、好きじゃなきゃ、こんな歌も書かないだろう。――もっとも」

慧は封筒に入っていた短冊をつまむ。

「書き置きがこれというのが、よくわからんが。書き置きを残していった、ということは、自ら失踪した、ということだよな」

「そうなるな」と良鷹が言う。

「でも、それやとお祖母ちゃんが言うてた『神隠し』とは違うてことになるやろ。どういうことなんやろ」

三人は一様に首をかしげた。

「なんで、英子さんは失踪してしもたんやろ……」

よほどのことがなければ、失踪などしないはずだ。

「西行みたいに急に出家したなったんかもな」

良鷹は慧の持ってきたレジ袋をあさり、なかから団子をとりだそうとする。

「ちょっとお兄ちゃん、ひとりでお団子食べんといて」

鹿乃は短冊を文箱にしまい、脇にどける。ふと、鹿乃はその文箱に目を向けた。

「これ、吉野塗ていうたっけ。英子さんの趣味やろか」

「そうなんやろ。文箱は一番手近に置くものなんやから、気に入らへんものは使わんやろ」

そやな、とあいづちを打って、鹿乃は文箱を見つめる。それから慧が書き写してくれたノートを手にとった。

「吉野山の桜を詠んだ歌がいくつか入ってるんやな」

「吉野山には西行の庵《いおり》がある。西行は吉野の桜に惚《ほ》れこんでたんだよ。彼が吉野山の桜を詠んだ歌は六十首をこえる」

《吉野山　花の散りにし　木のもとに　とめし心は　われを待つらん》――吉野山で去年、桜の散った木の下に留め置いてきた心は、また春を迎えたいま、わたしを待っているだろう――。

鹿乃は歌を口ずさむ。そして、はっとした。

「『叔母さんは、山で神隠しに遭《お》うたんや』――そうお祖母ちゃんが言うてたって、北窓堂さんは言うてはった。『神隠し』にばかり気をとられてたけど、お祖母ちゃん、大事なこと言うてたんや。『山で』て」

ああ、と良鷹が声をもらした。「そういうたら、そやな」

「英子さんは、失踪にしろ神隠しにしろ、山でいなくなった――ってことか」

「その山って、吉野山なんと違うやろか」

「吉野山――」

慧と良鷹は、吉野塗の文箱を見た。

「……吉野のほうには、たしか、うちが持ってる山があるはずや」

良鷹が言って、立ちあがる。「たしかめてみる」と広間を出ていった。鹿乃は着物を眺める。ここに描かれているのは、山桜だ。この桜は、吉野の桜なのではないだろうか。

しばらくして、良鷹が戻ってくる。財産管理を任せている弁護士に電話をかけていたらしい。「やっぱり、あっちのほうにうちの山があるわ」と言った。

「その山が、英子さんがいなくなった山なんやろか」

「どやろな。とりあえず、その山の管理人に連絡とってもろてる」

なにかわかるだろうか。ひとまず、お茶を飲むことにする。

「失踪したんやとしたら、なんでやと思う？」

三色団子を片手に、鹿乃は訊いてみる。

「駆け落ち」と良鷹は答え、「事故」と慧は答えた。

「事故やったら、書き置きは残らへんやろ」

良鷹は言ったが、

「あれはそういうつもりの書き置きじゃなくて、たんに和歌を書きとめただけだったんじゃないか。それが出かけたさきで事故にあって、帰れなくなった」

ありえそうにも思う。

「鹿乃は？」

慧に問われ、鹿乃は着物に目を向けた。

「わたしは……やっぱり、この着物が気になる」

桜吹雪で辺り一面が覆われたときのことが、脳裏《のうり》によみがえる。

「なんで失踪したんかはわからへん。けど、桜が――なにか訴えかけてきてる気がする」

桜と吉野。これらがきっと、英子の失踪にかかわっている。そして、この着物にも――

そんな気がした。

この着物には、どんな想いがこめられているのだろう。

「これまでの着物とは、ちょっと違うのかもな」

慧がそんなことを言ったので、「なんで？」と訊く。

「良鷹が、いつだったか言ってたよな。野々宮家の力は女性に受け継がれると」

そんな話を、鹿乃も良鷹から聞いたことがあった。

「そういう女性の着物なんだから、なにかしら不思議な力が備わっているのかもしれない」

そうなのだろうか、と鹿乃は着物を見つめるが、わからない。不思議というなら、蔵の着物は皆、不思議だ。

電話が鳴った。鹿乃は立ちあがり、広間を出る。

「はい、もしもし」

受話器をとると、しばし沈黙があった。

「……野々宮……鹿乃さん？」

迷うような声がする。寺の鐘《かね》の音を聞くような、心地よい低音の、老婦人の声だった。

「はい、そうです」

「ああ……。わたしは吉野の山を管理している、板附《いたつき》と申します。そちらに連絡するよう、言われたものですから」

良鷹の言っていた、野々宮家の山の管理人らしい。

「ええ、あの——」

英子のことを尋ねようとして、しかしどう訊いたものかと鹿乃はしばし躊躇《ちゅうちょ》する。鹿乃が迷う間に、向こうが声を発した。

「——英子さんのことでしょうか？」

え、と鹿乃は息をのんだ。受話器に耳を押しつける。「いま、なんて——」

「英子さんのことを、お尋ねになりたいのでは?」

聞き間違いではなかった。この老婦人は、英子を知っている。

「そう——そうです。でも、どうして」

「そうだろうと思っていました。ようやくたどり着いてくださった」

——ようやく?

鹿乃は受話器を握り直す。

「英子さんの失踪について、ご存じなんですね。教えてください、英子さんは——」

「英子さんは、失踪したんやありませんよ」

「えっ?」

どういう——と訊こうとしたところで、彼女は笑った。

「どうぞ、こちらにお越しください。お話ししますさかい。今日これからやと遅うなりますから、明日。どうです?」

拒否する理由はない。鹿乃はふたつ返事で承諾した。

「わかりました。うかがいます」

「ほな、お待ちしてます」

鹿乃は住所をメモにとって、受話器を置いた。ふり向くと、慧と良鷹がいる。

「明日、吉野に行ってくる」

「行ってくるて……軽く言うけど、吉野は遠いで」

「言うても奈良やろ」

「電車で二時間くらいだろ。それも吉野の駅までだから、そこからその家までどれだけあるかだな」

鹿乃はメモを見る。住所を見たところでわからない。良鷹が、横合いからメモをとりあげた。

「野々宮家のことなんやから、俺も行くわ。うちの山もいっぺん、どんなもんか見ときたいし」

「じゃあ、俺も行くよ」

「おまえは関係ないやろ」

「関係ないことないだろ。そのうち義弟になるのに」

良鷹は心底いやそうな顔をした。

「おまえ、俺のこと『お義兄《にい》さん』とか呼べるんか？」

「呼ばれたいのか？」

「ごめんやわ」

「俺もだよ」

結局、吉野へは三人で行くことになった。「鹿乃まで神隠しに遭《あ》ったら困るからな」と慧は冗談まじりに言っていたが、わりあい本気で心配しているようだった。

夜、お風呂に入っているとき、鹿乃はそういえば、と思い出した。

——桜の園。

あの着物には、そう名づけられていたのだ。あとで『桜の園』を読んでみよう、と思って忘れていた。

お風呂からあがると、鹿乃は書斎からチェーホフの『桜の園』を持ちだした。ベッドに横になり、本を開く。借金がかさんで、領地である桜の園を手放さざるを得ない貴族の話——しかしその現実をまるで理解していない貴族の話だ。一文無しなのに贅沢《ぜいたく》をやめないラネーフスカヤ夫人は、いっそ無垢《むく》でかわいらしくすらある。しまいに桜の園は競売にかけられ、成り上がりの実業家に買われる。美しい桜の木は、すべて伐《き》り倒されてしまうのだ……まどろみながら読んでいると、鹿乃の耳にも木に斧《おの》が打ちこまれる音が聞こえてくるようだった。

不思議と鹿乃の印象に残ったのは、ラネーフスカヤ夫人の娘、アーニャのセリフだ。桜の園を失っても、彼女は前向きで希望に満ちていた。――『だって新しい人生が始まるんですもの！』と彼女は目を輝かせている。

鹿乃はベッドをおりて、窓辺に立った。窓を開けると、離れの前庭に桜の木が見える。つぼみはまだ固く閉じていて、ほころぶのは当分さきのことだろう。吉野なら、なおのこと――そう思ったとき、鹿乃は目を疑った。

眼下の桜が、ゆっくりと花開きだしたのだ。夜の闇のなかに、光をともすように淡く、白く浮かびあがる。花はつぎつぎと開いてゆき、ついには満開になった。咲きこぼれる花は風に揺れ、花弁を散らす。気づくと、鹿乃のまわりを舞い散る桜の花弁がとり巻いていた。ほのぼのと光る花びらが舞いあがり、吹きおろされる。やむことのない花の嵐に鹿乃が惑い、あとずさると、背後にひとの気配を感じて、ふり向いた。

桜の花びらの向こうに、誰かがいる。白い着物を着て、こちらに背を向けている。白い着物――いや、桜が描かれている。あの着物だ。桜の園。

桜の着物を着たその女性は、袖《そで》を翻してこちらをふり返った。鹿乃とおなじ年頃の若い娘だが、誰だか知らない。見覚えのない顔だ。だが、どこか写真で見た若いころの芙二子や、鹿乃と似たところのある面ざしをしていた。感じるものがある。これは、きっと、英子だ。

彼女は、紅をひいていた。その赤い唇《くちびる》で、笑う。快活な、清々しい笑みだった。桜吹雪の向こうから、彼女は手を伸ばす。鹿乃に向かって、その手をとるよう、目でうながしている。鹿乃は、おずおずと手をさしだした。手が、英子の手に触れる。その瞬間、桜の花びらがふくれあがるように量を増し、視界を覆った。離れそうになった手を、ぎゅっと握られる。力強い、しっかりとした手だった。

鹿乃は目を開ける。見えたのは、部屋の天井だった。

「……え?」

何度か目をしばたたく。鹿乃はゆっくりと身を起こした。ベッドに横になっていたようだった。——では、さっきの桜は? 英子は?

ベッドをおりて、窓辺に寄る。窓は閉まっている。開けて、下を見ても、桜は咲いていなかった。

——夢を見たのだろうか。

いったい、どこからが夢だろう?

ベッドを見れば、枕元に『桜の園』が置いてある。鹿乃はベッドに戻り、本を手にとると、腰をおろした。さっきのあれは、英子が見せた幻か。それでは英子は、なにを伝えようとしたのだろう。

鹿乃は手を見おろす。たしかに英子の手をとった。彼女は手を握り返してきた。あたたかな手だった。鹿乃は、彼女に励まされているような気がした。

「なにが言いたかったんやろう……」

吉野を訪ねれば、わかるだろうか。鹿乃は窓のほうを見やり、見えない桜を思い描いた。

車は曲がりくねった峠《とうげ》道を進んでいた。吉野川を渡ってしばらくは家が並んでいたが、そこを過ぎればひたすら山の木々だけが車道を囲んでいる。山はまだ冬の気配が残り、雪こそ見ないものの、萌えいづる緑にはまだ遠い。常緑樹の深く暗い緑と、枯れ枝がさびしさを抱かせる。

「さすがに、桜にはまだ早かったなあ」

鹿乃は車窓から山を眺める。「そりゃ、京都《きょうと》市内でも咲いてないんだからな」と運転席の慧が言う。「鹿乃が桜の着物を着てきて、ちょうどよかったじゃないか」

今日、鹿乃は珊瑚《さんご》色の地に桜と薬玉《くすだま》が描かれた着物に、やはり桜と鳩《はと》の帯を合わせている。帯留《おびど》めも桜だ。

「桜は、山神の所有物なんやと。昔は山にしか桜はなかったからな」

後部座席の良鷹は、だらしなくドアに肘《ひじ》をついてもたれかかり、窓の外を眺めている。

ここまで慧と彼は交替で運転してきているので、疲れたらしい。

「冬が終わって、ほかの花にさきがけて咲きだすのがサクラや。タネマキザクラとか、タウエザクラとかいう言葉があるように、農作業の時期を知らせる花や。サクラの咲きぶりが稲の花の予兆といわれたから、早く散ってもらっては困る。そやから〈鎮花祭〉なんかはもともと、そのために『やすらへ花や』て唱えて、散るのをとめようとしたまじないみたいなもんやったわけや。奈良時代までは、桜ていうたら観賞対象と違《ちご》て、稲作の出来不出来を占うためのもんやったんや」

そうなんや、と鹿乃は感心して兄の話を聞いている。民俗学的な話になると、無精者の彼の舌もなめらかになる。

「桜は奥が深いんやなあ……」

そんな話をしているうち、山間《やまあい》に家並みが見えてくる。狭い道の両側に家々がひしめきあっていた。それらは崖《がけ》の上に建てられており、懸崖造り《けんがいづく》——吉野造りというらしい。多くが宿や、土産物店のようだった。宿坊《しゅくぼう》もある。吉野はたびたび歴史に登場する地だが、古くは役行者《えんのぎょうしゃ》に開かれた山岳信仰の霊地でもあるから、宿坊が多いのだ。下千本《しもせんぼん》、中千本《なかせんぼん》、上千本《かみせんぼん》、奥千本《おくせんぼん》と順番に咲き誇る桜が有名だが、その桜も役行者が起源である。役行者が本尊を桜の木に刻んで以来、吉野山で桜は神木とされて、枯れ枝や枯れ葉でさえ焚《た》きつけにも使わないそうだ。

「柿《かき》の葉寿司《はずし》が食べたい」

土産物店に掲げられた看板を見て、良鷹がつぶやく。「帰りにな」と慧が子供をなだめるように言うのがおかしかった。

車はさらに奥へと進み、分かれ道を細い道に入る。

「この辺りか？」

慧が車をとめる。古く、大きな普請《ふしん》の一軒家の前だった。やはり宿であるらしい。看板が出ていた。隣が広い駐車場になっていたので、そこに駐車して、鹿乃たちは車をおりた。表から訪ねていっていいものかどうか迷ったが、裏口がわからないので、ガラス戸を開けてなかに入った。陽がさえぎられて薄暗い土間は、ひんやりとしている。まだシーズン前だからか、ひと気《け》はなく、静かだった。

「ごめんください」

声をかけると、「いらっしゃい」と奥から中年の婦人が出てくる。ふくよかでまなじりの垂れた、ひとあたりのよさそうなひとだった。洋服の上に木綿《もめん》の割烹着《かっぽうぎ》を着ている。鹿乃たちの風体を見て、すぐに「ああ」と悟ったように笑顔になった。

「野々宮さんですか。義母《はは》を呼んできますから、ちょっとお待ちくださいね。どうぞ、そちらに座ってください」

と、鹿乃たちに片隅に据えてある長椅子《いす》をすすめた。女性が引っ込むと、おなじ年頃の男性がお茶を出してくれる。おそらく夫婦だろう。こちらの男性もまた穏やかな風貌《ふうぼう》をしていた。しばらくして、さきほどの女性が老婦人をともなってやってくる。八十代くらいだろうか、小柄な女性だった。短い髪はほとんど白く、顔立ちは小づくりで、手も小さい。山吹色のカーディガンがよく似合う、かわいらしいひとだった。

「ほな、行きましょか」

板附なか、と名乗った老婦人は、電話口で聞いたあのきれいな低い声で、しかし外見に反してきびきびとした調子で言って、鹿乃たちを外へとつれだした。

「行くって、どちらへ？」

戸惑って訊いた鹿乃に、なかは「決まってますやろ。山です」と答えた。

「山――うちの山ですか」

「ほかにありますか」

にこにこしながら、なかは言った。鹿乃たちは車に戻り、なかの案内で山を目指す。案内されるまま車をひたすら走らせると、やがて獣道《けものみち》と言えそうな山道に入り、運転する慧に冷や汗をかかせた。荒れた道に車は揺れに揺れ、なかに英子のことを尋ねるどころではない。

「ここでとめてください」

すこし開けた平地に出て、そう指示されたときには、なか以外の三人は安堵《あんど》の息を吐いた。

車をおりると、山のにおいが近い。土と緑が混じったようなにおいだ。山なのだから、当たり前か、と思った。枯れ葉が腐ったようなにおいの奥に、瑞々《みずみず》しいにおいを感じる。芽吹きの兆《きざ》しだ。糺《ただす》の森でも、春先にはおなじにおいがする。この山に春が来るのも近いだろう。

「管理人やいうても、山の手入れは専門のかたに任せてるんです。しろうとが下手に手を入れては、あきませんさかい。この山ではええ杉の木が育ちます。吉野杉です。春になれば蕨《わらび》や、蓬《よもぎ》がとれます。四月になれば桜がそれは美しく咲きます。桜が終われば卯の花《うのはな》が、夏には山法師《やまぼうし》が、秋には野葡萄《のぶどう》が宝石のように輝いて……英子さんが愛した山です」

なかは木々を見あげる。桜の枝先につぼみがついている。幹には蔦《つた》がからみつき、その木の向こうには、杉の深い緑が波のように重なっていた。

「英子さんは、この山でいなくなったんですか?」

鹿乃が訊くと、なかはすこし笑った。肯定するようでもあり、否定するようでもある笑みだった。

「世間から姿を消したという意味では、いなくなったと言うて正しいんでしょう。でも、消えたわけやありません。英子さんは新しく生き直したんです」

「生き直した……？」

なかは山のふもとのほうを指さす。

「この山のふもとに、以前、家がありました。そこで英子さんは暮らしてはったんです」

「え――」

鹿乃たちは、なかの指さすほうに目を凝《こ》らした。遠くの景色は、霞がかって見える。

「暮らしてはったって……ひとりでですか？」

「いいえ。ご主人と一緒でしたよ」

「ご主人？」

英子には、夫がいたのか。英子はいなくなったわけではなくて、この地で生きていた。夫もいた。はじめて聞く事実に、鹿乃は戸惑う。

「どういうことなんでしょう？　どうして英子さんは、世間から姿を消して、ここで暮らすことになったんですか？」

なかは、鹿乃の困惑をなだめるように、落ち着いた声でゆっくり話しだした。

「わたしが母から聞いた話では――ああ、わたしの母のことを話しておかなあきませんね。わたしの母は野々宮家で働いていて、英子さん付きの女中やったんですよ。英子さんとご主人がこの山にやってきたときにもついていって、そのままここに居ついたんです」

「英子さんと、英子さんの夫が一緒にここに？」

「そう。当時はまだ夫やのうて、恋人でしたけど。ふもとの空き家を借りて、一緒に暮らしはじめたんやそうです」

家から姿を消し、恋人とともに暮らしはじめる。それは、まるで――。

「英子さんは娘時代の着物やら宝飾品やら、いっさいがっさい家に置いたまま、ある日忽《こつ》然《ぜん》と姿を消さはったそうやさかい、はたから見たら失踪に見えたんでしょう」

――駆け落ちか。

「どうして、そんな――」

「英子さんの恋人が、使用人やったからです。野々宮家の使用人でした」

ああ、と声が洩《も》れた。そういうことか。

「資産家ならいざ知らず、ただの平民、それも使用人と華族《かぞく》の色恋沙汰《ざた》には、宮内省《くないしょう》や世間の目が厳しかった時代です。当時は華族の夫人や令嬢が使用人と心中したり、駆け落ちしたり、なんてことがあったそうで……華族は宮内省に監督されてましたし」

「それで、英子さんも駆け落ちを?」

なかは、またすこし笑った。あの、肯定とも否定ともつかない笑みだ。

「英子さんは、しっかりしたおひとでした。わたしは母がしてたようにときどき、英子さんの様子うかがいに訪ねてましたけど、歳を重ねても聡明《そうめい》で、美しいひとやった。——あのひとは、無鉄砲に駆け落ちしたりはしません。吉野に移ったあと、英子さんは、お父さまに手紙を書かはったそうです。——宮内省に自分の分家を願い出てほしいと」

「分家?」

「つまりは、自分ひとりが分家として独立し、平民に移籍するということです。英子さんは、華族をやめて平民になることで、誰の目もはばかることなく使用人と結婚する道を選んだんです」

出願は受理されて、英子は平民になった。見事といえる、あざやかな身の振りかたである。

「木がよう売れる時代でしたさかい、ご主人は材木屋で働いて、英子さんは着物の仕立てをして生計を立ててはりました。母は最初、心配してあれこれ世話を焼こうとしたそうですけど、そんな助けはいらへんくらい、生き生きしてはった、て言うてました」

英子は『新しく生き直した』のだ、と言ったなかの言葉が、腑《ふ》に落ちた。まさしく、英子は新しい生きかたを手に入れたのだ。

鹿乃は、そうか、と思う。あの着物が《桜の園》と名づけられていた理由。

――だって新しい人生が始まるんですもの！

昨夜読んだ『桜の園』のセリフがよみがえる。

――さよなら、お家、さよなら、古い生活！

――こんにちは、新しい人生！

英子はあの着物を脱ぎ捨て、新しい人生をつかんだのだ。

「英子さんは、実家の迷惑にならぬよう、里帰りをすることは一度もなかったそうです。実家のほうでも、英子さんたちをわずらわすことがないよう、吉野を訪れることは極力控えていたとか。手紙のやりとりはあったそうですが」

なかは、鹿乃を見てほほえんだ。

「あなたのお祖母さまも、あなたぐらいの歳に吉野を訪ねてきはりました。そのころは英子さんもご健在でしたけど。よう似てはる。英子さんにはお子さんがいはらへんかったからか、あなたのお祖母さまのことはとくに気にかけて、いちばん密に手紙のやりとりをしてはったようです」

北窓堂は、芙二子が英子に会ったことがあるような口ぶりだった、と言っていた。間違いなく、会っていたのだ。山で神隠しに遭った、というのは、つまり、山でそれまでの彼女を捨て、新しく生き直したのだ——という意味だったのだろう。

「祖母は……英子さんと、どんな話をしたんでしょう」

鹿乃の問いに、なかは首をふった。

「やりとりまでは、わたしも存じません」

鹿乃は考えこむ。あの着物が新しい人生の象徴であるなら、どうしたら、もとに戻すことができるのだろう。芙二子は英子と会って、その方法を考えついたのだろうか。

「西行の」

ふいに、良鷹が口を挟んだ。

「西行の歌を、英子さんは家を出るとき、残していかはったと思うんですが、ご存じですか」

「ああ——ええ。それは英子さんから聞いた覚えがあります。西行と吉野はかかわりも深いですし、それもあって、よう覚えてます。散る花を、惜しむ心やとどまりて、また来ん春のたねになるべき……でしたか。この歌を書き残して、家を出たんやと聞きました」

「どうして、その歌やったんでしょう」

なかは、すこし頭を傾けた。

「『種を残してきた』――そう言わはりました。『種を残してきたんや。それが花になって、またつぎの種ができる』と。なんの喩《たと》えなんかは、教えてくれはりませんでしたけど」

――あの着物だ。

と、鹿乃は直感した。西行が詠んだ散る桜の歌、桜の散る着物。そうだ、考えてみればあの着物と書き置きは、どちらも『散る花』だった。あの書き置きは、あの着物をさす歌だった――？

いや、だがあの着物は《桜の園》だ。新しい人生を見つけた英子の着物に、その名前はふさわしい。では、西行の歌が意味するところはなんなのだろう？　芙二子が《桜の園》と名づけたのは、鹿乃が思っているような理由だけではないのだろうか。

わからない。

昨夜の、夢とも幻ともつかない光景が脳裏によみがえる。桜吹雪のなか、英子はなにを伝えようとしたのか――。

「英子さんのご主人が亡くならはると、あとを追うようにして英子さんも亡くなってしもて、家も住む人がいなくて取り壊されました。英子さんのお父さまが、なんの財産も持っていかなかった英子さんに、せめてとこの山を贈らはって、わたしの父母を管理人にしてくださいました。英子さんが亡くならはって、山はまた野々宮さんのもとへと戻りましたけど、なんやそれで英子さんも実家に帰れたような気がしました」

なかは山をふり返る。山は英子そのものであるように思えた。

わたしの知っていることはこれでぜんぶだと、なかは言った。着物のことは知らないという。鹿乃たちは礼を述べ、彼女を家へと送ることにする。

「今度、桜が咲いたころにまた来てください」

そう言うなかに、「はい」と約束して、鹿乃たちは一路、京都に戻った。

「『種』はあの着物のことやと思うんやけど、どういう意味なんやろ?」

遠ざかる吉野の山をふり返りながら、鹿乃は言った。

「なんらかの意図《いと》をもって、英子さんはあの着物を残していった、ということだよな。なんのために、誰のために——というところがわかれば、意味もわかりそうに思うが」

いまは後部座席に座る慧が言う。運転しているのは良鷹である。運転に集中しているのか、良鷹は黙ったままだった。

『種を残してきたんや。それが花になって、またつぎの種ができる』

あの着物が花になって、そしてまたつぎの種になる——どういう意味だろう。

「手紙」

良鷹がぽつりと言ったのは、運転を慧と交替してすぐのことだった。

「え？」

「お祖母ちゃんと英子さん、手紙のやりとりしとったって言うてはったやろ。英子さんからの手紙、家のどこかにあるんとちゃうか」

「あるんやったら、お祖母ちゃんの部屋やろ？　でも、昨日さがしたとき、そんな手紙なんてなかったやん」

「見逃してるところがあるかもしれへんし、納戸とかかもしれへん。着物の手がかりになりそうなもん、お祖母ちゃんがまるきり処分するとは考えにくい」

「そういうたら、そやけど……」

あるだろうか。あるとしたら、どこだろう——文机のなか、抽斗のなかはもう調べた。押し入れの行李のなかもだ。芙二子の部屋ではなく、どこかべつの部屋だろうか。あの洋館の隅々までさがすとなると、ひと苦労だ。帰ってからが思いやられた。

「俺はな、『種』ていう意味が、なんとなくわかる気ィすんねん」

良鷹がそう言ったので、鹿乃は後部座席をふり返った。

「どういう意味なん？」

「たぶん、あの着物は——おまえのために残されたもんや」

良鷹はそう言ったきり、口を閉じた。

――わたしのため？

鹿乃はけげんに思う。

英子が野々宮家を去ったときには、鹿乃どころか、芙二子でさえ、まだこの世にいなかったのに――？

家に着いた鹿乃は、お茶を飲んでひと息ついたあと、手紙の捜索をはじめた。

「お兄ちゃんと慧ちゃんは、休んどって。とりあえず、わたしがさがすから」

今日運転手をつとめたふたりをねぎらい、鹿乃はひとりでさがすことにする。まずは芙二子の部屋からだ。

ひととおりすでにさがした文机や行李のなかなども、いま一度さがしてみる。着物が収められた箪笥の抽斗も調べてみた。が、やはり英子の手紙はない。

「うーん……あとは納戸やろか。闇雲に家じゅうをさがしても、あかんやろな……」

考えよう。手紙は水に濡れたり、燃えたりするといけないから、滅多なところには置いておけないはずだ。やりとりしていた手紙のすべてを保管してはいないかもしれないが、封書を何通も保管するのであればある程度、場所をとる。そして鹿乃に読ませるつもりがあったなら、絶対に見つからない場所には保管していない。おそらく、高い場所には置いてないだろう。芙二子が小柄だったから、というのもあるが、子供のころから鹿乃は高い場所には意識が向かないのを、芙二子なら知っていたはずだからだ。英子の書き置きや短冊が入った風呂敷包みも、低い場所に置いてあった。

「虫に食われる問題もあるし、湿気も防がなあかんから、たぶん、桐の箱に入れてる……」

ぶつぶつと鹿乃はつぶやく。

「時間がたつだけ劣化するし、破れる危険もあるし……どうするんがいちばん安全に長いこと、保存できるやろ……？」

書き置きや短冊のように、文箱に入れて、さらに桐箱で保存しておくのがいちばんだろうか。そういったものをさがしてみよう、と鹿乃は納戸に入った。英子の文箱や掛け軸の包みは広間に置いてあるので、棚のそこだけぽっかりと空いている。鹿乃はその隣にある風呂敷包みや箱を開けてみたが、いずれも楽茶碗《らくちゃわん》だったり、薩摩切子《さつまきりこ》だったりした。

「ないなあ……」

鹿乃はべつの桐箱を開けてみる。昨日すでに一度確認した掛け軸だと気づいて、ため息をついた。たしか、消息だったはずだ。蓋を閉めようとして、鹿乃は手をとめる。

――消息。

手紙のことだ。それを表装し、掛け軸にしてある。茶道の掛物として用いられもする。

鹿乃はそっと巻緒《まきお》を外して、なかをあらためた。これは江戸初期の公卿《くぎょう》が野々宮家に宛《あ》てた礼状を表装したものだ。鹿乃は軸を巻き戻して、箱にしまう。

——掛け軸にすれば、紙は補強されて、破れにくくなる。保存という意味では、いちばんいい。

鹿乃は細長い桐箱の中身を片端から確認しはじめる。掛け軸を調べるのだ。消息の掛け軸を。

一行書に短冊、画賛、詠草《えいそう》……消息もいくつかあった。和歌を交えた公卿の消息、茶人からの礼状。しかし、どれだけさがしても英子のものは見つからない。

納戸にある掛け軸すべてを確認し終えたが、英子の手紙はなかった。狙いが外れたのだろうか。

——いや。

まだ、さがしていない場所がある。こうしたものの保管に適した場所。

蔵だ。

鹿乃は自室から鍵をとってくると、蔵に向かった。重い扉を開けると、薄暗いなかへと足を踏み入れる。着物を収めた桐簞笥の向かいに、棚がある。ものはそれほど多くない。掛け軸が入っているらしき桐箱がいくつか、能面を収めた箱や、誰が蒐集《しゅうしゅう》したものか、墨《すみ》壺《つぼ》や割れた鼓胴《こどう》、使われなくなった火鉢などがあった。一度、掃除をしたさいに、ひととおり確認している。掛け軸の中身までは見ていなかったが――。

鹿乃は箱を手にとり、蓋を開ける。掛け軸をとりだし、巻緒を解いた。

「……違う」

本紙は誰の作か知らない、布袋《ほてい》の水墨画だった。つぎの箱を開ける。そうして中身を調べていったが、英子の手紙は出てこない。ついに最後のひと箱になった。鹿乃はひとつ息を吐き、箱を開ける。巻緒を掛緒から外し、丁寧に解く。簞笥の上に軸を置いて、ゆっくりと開いていった。

「……！」

半紙ほどの大きさの紙に、草書で文字が綴《つづ》られている。やわらかく、流れる水のような清々しい文字。清らかさと強さを持つ字――英子の字だ。草書なので、鹿乃には何と書いてあるのかわからない。英子の手紙を掛け軸にしたものは、それひとつだった。鹿乃は掛け軸をしまい直すと、箱に戻し、それを抱えて母屋に戻る。広間に入り、くつろいでいた良鷹と慧の前に掛け軸を広げた。

「これは――」

慧が身をのりだす。「英子さんの手紙か」

「これ一通か?」と良鷹も掛け軸をのぞきこむ。
「そうみたい。これだけで着物のことはわかる——てことなんやろか」
「読んでみればわかる」
慧が中身を読みあげてくれた。
「——《着物がもとに戻つたと知つて安堵しました》」
英子は時候のあいさつも世間話もなく、いきなり本題から入るひとのようだった。鹿乃はノートに書きとる。
《着物がもとに戻つたと知つて安堵しました
あれは野々宮を去る私がこれから先の野々宮の女のために縫《ぬ》ひ上げた着物でした
受け継がれてゆきますやうに
櫻《さくら》の園といふ名を付けてくださつたさうで
散つては新しい花の咲くあの着物にはとてもふさはしい名です
ありがたう
下鴨《しもがも》の屋敷には蔵がありますからそこに仕舞ふと良いでせう
かしこ
英子

芙二子様》

鹿乃は何度も手紙の文言《もんごん》を読み返した。文面から察するに、あの着物をもとに戻した旨《むね》を報告した芙二子の手紙に、返信したものと思われる。

「あの着物は、蔵に収められた最初の着物だったんだな」

慧が言った。

「着物を蔵にしまうよう、英子さんが助言してる。おふじさんが手紙でどこにしまえばいいか、助言を求めたんだろう。それまであした着物がなかったからだ」

「最初の着物……」

鹿乃は衣桁にかけられた着物を眺める。あの着物がはじまりだったのか。それから祖母は、いわくつきの着物を引きとるようになった……。

《あれは野々宮を去る私がこれから先の野々宮の女のために縫ひ上げた着物でした》

これから先の野々宮の女のため――とは、どういうことなのだろう。

「お兄ちゃん」

鹿乃は良鷹のほうを向く。

「あの着物はわたしのために残された、て車のなかで言うてたやろ。あれは、どういう意味？」

良鷹はソファの背にもたれかかり、脚《あし》を組んでいる。

「当時、野々宮家の女ていうのは、英子さんひとりやったはずや」

鹿乃は家系図を思い浮かべ、うなずいた。信篤と英子の母親は外から嫁《とつ》いできたひとであったし、父親に姉妹はいなかった。彼らの祖父に姉妹はいたが、とうに嫁に行っていたし、そのころ存命であったかもわからない。

「その自分が家を出る。おそらく二度と戻ることはない。野々宮の女の系譜《けいふ》は、そこで一度、途切れてしまうわけや。それでも、いずれ兄に――俺たちにとっては曽祖父やな――娘が生まれるかもしれへん。その娘が、大なり小なり、不思議な力を持っていたら？」

野々宮は、野宮――山の神に仕える巫女であった、という話を、鹿乃は思い出す。

「英子さんは、たぶん、おまえやお祖母ちゃんよりずっと強い力を持ってたんやないかと思う。ひと針、ひと針、着物を縫って、想いをこめたんやろう。種を残した――不思議な力の宿る着物を、次代の野々宮の女に託した。種が花になって、また種になる、ていうのは、つぎの世代に受け継がれることをさすんとちゃうか」

《受け継がれてゆきますやうに》

鹿乃の心に、昨夜の幻がよみがえる。英子が手をさしだしたのは、そういう意味だったのだろうか。鹿乃は立ちあがり、着物の前に歩みよる。

受け継がれゆくもの――。

これは、ただ散る花ではない。散って、ふたたび咲くもの。新しく生まれる。だから《桜の園》なのだ。

種が花となり、また種となる。鹿乃は手を伸ばし、着物を撫《な》でた。この着物は、種だ。それならば、花は――？

これは、英子から出された問いだ。一年前、芙二子が鹿乃に課したような。

鹿乃は衣桁から着物を外した。それを抱えて、広間を出る。二階にあがり、自分の部屋に入ると、鹿乃は帯締《おびじ》めを解いた。

帯も解いて、着物を脱ぐ。鹿乃は英子の着物を羽織った。着物は鹿乃の体に沿い、ぬくもりが染みこんでくるようだった。解いた帯を手にとる。桜に鳩の帯。これは祖母から譲り受けた帯だ。鹿乃はそれを締めた。帯留めも今日つけていたものにする。彫金《ちょうきん》の桜の帯留め、これは鹿乃のものだった。野々宮家が懇意にしている老舗《しにせ》宝飾店で誂《あつら》えたものである。鹿乃はふと思い立ち、ジュエリーボックスからやはり彫金で作られた、小さなさくらんぼのピンをとりだす。それを衿《えり》飾りとして着物の衿に留めた。

これが鹿乃の答えだ。英子の着物、芙二子の帯、鹿乃の帯留めに衿飾り。古いものと、新しいもの。英子から芙二子へ、そして鹿乃へ、受け継がれてゆくもの。英子の着物が種であり、芙二子の帯が花であり、また種でもあり、鹿乃の小物が花だった。

　何より、鹿乃自身が花だった。そしてまた、いずれ、種となるのだ。そうして続いてゆく。

　窓を開けてもいないのに、鹿乃の頰《ほお》を、風が撫でた。白い花弁がひとひら、視界をよぎる。ひとつ、またひとつと、花びらが舞い散る。またたくまに、鹿乃は桜吹雪にとり囲まれた。視界を埋めつくす桜の花に、酔いそうになる。鹿乃は背後をふり返った。桜吹雪の向こうに、ひと影がちらつく。あっ、と声をあげ、鹿乃はそちらに駆けだしかけた。

　芙二子のように見えたのだ。深紫《こきむらさき》の色無地《いろむじ》に身を包んだ、祖母の姿。しかしその姿は桜吹雪に呑《の》みこまれ、一瞬で消える。立ちつくした鹿乃の前に、花にまぎれて、ふたたび誰かの影が現れる。昨夜目にした、幻の英子の姿だった。英子は鹿乃に向かって、ほほえみかけた。それも桜吹雪がひと撫でするようにしてかき消し、またべつの人物を垣間見せる。誰だか知らない、海松《みる》色の着物を着た女性だった。だが、目もとに鹿乃や、芙二子と似た面影がある。桜吹雪は、つぎつぎに幾人もの幻を見せた。髷《まげ》を結い、赤い打掛《うちかけ》を羽織った公家《くげ》の姫らしき若い娘に、下に流れ落ちる長い黒髪に、小袿《こうちき》姿の女性、襦裙《じゅくん》姿の少女——めまいがしそうだった。桜の花が雪のように鹿乃に降りかかってくる。ぎゅっと目をつぶり、細く開けると、その向こうにいたのは、白い衣と裳《も》を身に着けた女性だった。強いまなざしで鹿乃を見ている。その面ざしは、やはりどこか、鹿乃や芙二子、英子と共通するものがあった。顔立ちというよりも、その表情、まなざしが。

これは、巫女だ、と鹿乃はなぜかわかった。この身に流れる血のようなものが、それを教え、伝えて、幾筋かの流れがひとつにつながる。なにかが鹿乃の胸のなかに、たしかなものとして残る。脈々と続いてきた、野々宮の女たちの血潮《ちしお》だ。

桜の花弁がほのかな光を帯びたかと思うと、その輝きはどんどん増して、辺り一面が白く輝く。鹿乃はあたたかい光に体を包まれた。つぎの瞬間、幕が左右に開けるようにして、強い風に桜の花弁は吹きあげられ、消え失せる。あとに残ったのは、鹿乃の部屋と、野分《のわき》が過ぎ去ったような、清々しい空気だった。

鹿乃は辺りを見まわし、深い息を吸って、吐く。扉がノックされ、開かれた。

「大丈夫か？」

良鷹と慧が部屋に入ってくる。

「ノックしても返事ないし、扉が開かへんから、なんかあったんかと――」

良鷹の声が途中でとまる。ふたりは鹿乃の着物を見ていた。

「桜の花、戻ってるな」と、慧が言った。鹿乃は着物を見おろす。消えていた桜が、着物のそこかしこに花を開いている。枝々に咲きほこる、見事な山桜だ。

「受け継がれるもの――」

鹿乃は胸を押さえた。――受けとりました、と胸のうちでつぶやく。

こうやってつながってゆくのだ、と思った。

「卒業式やいうてもなあ、ほとんどみんな、おなじ大学やもんな」

卒業証書の入った筒でぽんぽんと手をたたきながら、梨々子《りりこ》が言った。

「あんまりさびしいって感じもしないよね」

と、奈緒《なお》も同意する。

「お別れていうより、門出って感じやな」

鹿乃も言って、校舎をふり返った。赤煉瓦《あかれんが》の古い校舎だ。中学から六年間を過ごした学《まな》び舎《や》だった。周囲には式を終えた卒業生たちであふれている。晴れ晴れとした表情で笑い合っている子が多いが、在校生と別れを惜しんで泣いている子もいた。保護者の姿もある。

「鹿乃、門のところで写真撮ろ」

「うん……」梨々子の誘いにうなずきつつも、鹿乃はまわりをきょろきょろする。

「良鷹さん？」

「うん、来るて言うてたんやけど」

「来てはったら目立ちそうなもんやけど」

「目立ってるね」

奈緒が言って、正門のほうを眺めている。鹿乃もそちらをふり向けば、門のそばに良鷹がいた。良鷹だけではない。慧もいる。良鷹はふだんのだらしない格好ではなく、三つ揃《みぞろ》えのスーツ姿だ。そういう格好をしていると見違える。慧は大学からの帰りなのか、鞄を提げていた。良鷹ほどかっちりした服装ではないが、シャツにジャケットを羽織っている。白いシャツとダークグレーのジャケットがよく似合っていた。

見栄えのいい青年ふたりが揃っていると、よく目立つ。周囲にいる女子生徒のみならず、保護者の母親たちまでざわついていた。鹿乃はふたりに駆けよる。

「慧ちゃんも来てたん？」

「俺は式までは見てないが。保護者じゃないしな」

隣の大学からいま来たところだという。

「卒業おめでとう」

そう言って、慧はほほえむ。鹿乃も「ありがとう」と笑い返した。

「良鷹さんと慧ちゃんと、三人で写真撮ったろか」

梨々子がカメラ片手に提案する。鹿乃はありがたく撮ってもらうことにした。良鷹と慧に挟まれ、卒業式の看板の前に並ぶ。

「一緒に写真撮るのって、何年ぶりやろ。入学式以来やろか」

「抽斗の奥にしもてある写真、新調できるやないか。よかったな」

かつて慧と一緒に撮った写真を、鹿乃は大事にしまいこんでいるのである。

「お兄ちゃん！」

「前もそんなこと言ってたな。どんな写真だ？」

慧が無心に訊いてくる。鹿乃は赤くなった。

「……慧ちゃんと一緒に撮った写真……」

「あ——ああ、そうか」

慧はすこし驚いた様子で、それだけ言うと黙った。

「ちょっと鹿乃と慧ちゃん、ふたりして照れとらんと笑って。撮れへんやん」

カメラを構えた梨々子が注意する。その言葉に鹿乃はちらりと慧を見あげたが、もうふだんと変わらない顔をしていた。照れた顔を見逃してしまった。

梨々子と奈緒とも写真を撮って、「ほな、またな」と別れる。春休み中にも遊ぶ予定だから、すぐ会うことになる。鹿乃は慧と良鷹とともに、帰り道をのんびり歩いた。桜はまだ咲かないが、昼日中の陽光はまぶしいくらいだ。あたたかな空気に木も土も時間もゆるんで、すべてがのどかに思えた。

「鹿乃がもうすぐ大学生かと思うと、感慨深いな。あんなに小さかったのにな」

歩道を歩きながら、慧が言う。

「はじめて会ったときなんか、俺の膝《ひざ》ぐらいだったろ」

「嘘《うそ》や。そこまで小さなかった」

鹿乃は抗議する。大人はすぐ子供のころの話をおおげさに言うのだ。

「そうか？　軽々と抱きあげられたんだぞ、あのころの鹿乃は」

たしかに、慧も良鷹も、泣いた鹿乃をひょいと軽く抱きあげていた。

「でも、そんなに小さなかったやろ？　お兄ちゃん」

鹿乃は兄を見あげたが、良鷹は唇を引き結んで、むっつりと押し黙ったままだ。今日の良鷹は、朝から黙りがちである。

「お兄ちゃん、なんか今日、元気ないな。どうしたん？」

「べつに、どうもせん」

「だって――」

「鹿乃」と慧が制止する。

「良鷹は俺よりずっと感慨深いんだよ。おまえが生まれたときから一緒にいるんだからな」

鹿乃は良鷹の顔を眺める。良鷹はなにも言わず、そっぽを向いた。鹿乃が赤ん坊のころから、面倒を見てくれていた兄である。鹿乃もよく懐いていたという。父が嫉妬《しっと》するほど。

「……」

鹿乃は、黙って良鷹の手をとった。きゅっと握りしめると、ひと呼吸おいて握り返される。昔と変わらず、何でもつかめそうに大きくて、しっかりと骨ばった手だったが、昔と違い、手を引いてもらうのではなく、鹿乃のほうが引いてあげなくては、と思えた。

ふと反対側の慧を見あげると、目が合った。鹿乃は手を伸ばし、慧の手も握った。ふたりと手をつないでいると、懐かしいような、くすぐったいような気持ちになる。

「俺にしろ良鷹にしろ、なんだかんだで鹿乃には助けられてきたんだよな」

つないだ手を見おろして、慧が言った。え？　と鹿乃は訊き返す。

「逆とちゃうの？　子供のころから助けられてきたんは、わたしのほうやのに」

「いや」と言って、慧はすこし笑う。「なあ？」と良鷹にふった。良鷹はちらりと鹿乃を見て、「そやな」とだけ言う。

よくわからなかったが、鹿乃はなんとなくうれしい気分になって、つないだ両手をふった。「お兄ちゃん、慧ちゃん」と呼びかける。

「わたし、目録を新しく作り直そうと思うんやけど」

「蔵の着物の？」

「うん」以前から考えていたことである。「ひととおり出し終えたし、返したのとか、譲る予定のとか、そういうのもあるし。それに――」

「それに？」

鹿乃は空を眺める。羊の毛のような雲が、ぽかり、ぽかりと浮いている。

「これから新しく、着物を引き取ることもあると思うから」

慧と良鷹が、揃って鹿乃を見おろす。

「それが前に言ってた、『自分なりにやってみようと思うこと』か？」

慧に問われ、鹿乃はうなずく。

「好きにしたらええ」

良鷹は言う。

「俺も良鷹もいるしな」

慧は笑った。鹿乃はふたりの手を握りしめる。

「ありがとう。ふたりとも、大好きや」

そう言うと、

「同列かよ」

「同列にすんなや」

ふたりの声が被さったので、鹿乃は目を丸くしたあと、声をあげて笑った。

白鳥と紫式部

庭の桜もすっかり散ったある日、野々宮《ののみや》家にひとつの荷物が届いた。

「なんだ?」

鹿乃《かの》が広間に持ってきた荷物を見て、慧《けい》はけげんそうにする。荷物は平たく、長い箱に入っていた。

「箱からして、着物やと思うんやけど」

しかし、鹿乃には荷物の心当たりはない。良鷹《よしたか》が買ったか、どうかしたものだろうか。訊《き》こうにも、あいにく良鷹は仕事で出かけていた。その代わりのように、慧が来ている。

「誰宛《あ》てとも書いてないんよ。《野々宮様》とだけ」

鹿乃は箱に貼られた送り状を指さす。宛名には、《野々宮様》、送り主の欄には、《津守《つもり》亘《わたる》》とあった。知らない名前だ。住所はわりあい近い。下鴨《しもがも》の北のほうで、その辺りにある女子大学の近くのようだった。

「よくわからない荷物は、受けとらないほうがいいぞ。詐欺《さぎ》だってあるんだからな」

「うん、でも――」

鹿乃は送り状をはがし、箱を開ける。「これはそういうんやないと思ったから」

着物を包んでいるらしい、たとう紙が入っている。紐《ひも》を解いて、開いた。

「女物や」

やはり着物だった。新しいものではない。絹の質感や色味、それに長い袖丈《そでたけ》に裏地が紅絹《もみ》であるところを見ると、アンティークであるようだ。

「お兄ちゃんが買《こ》うたものやろか……」

着物の上には、手紙がのせられていた。白い和封筒の表に、《野々宮様へ》と書いてある。繊細で、やわらかな筆致だったが、男性の字であるように思われた。鹿乃は封筒を手にとり、裏返してみた。《津守亘》とある。送り状の名前とおなじだ。

「送り主は男のひとみたいやのに、着物は女物なんやな」

鹿乃は手紙をひとまず置いて、着物を広げてみた。しまいこまれていたのか、樟脳《しょうのう》のにおいがただよう。ぼかしを入れた淡い若草色の地を覆《おお》いつくすように、さがり藤《ふじ》が一面に描かれた着物だった。美しい着物だ。しかし――。

「藤の花が、白いな」

慧が言った。彼の言うとおり、描かれた藤の花すべてが、真っ白だった。白藤《しらふじ》の着物というのは、もちろんあるのだが、これは違うだろう。白藤であっても、まったく色がないわけではない。花芯をほんのりと薄紅《うすべに》に染めていたり、薄黄《うすき》色であったりする。だが、この着物は、そこだけ塗り忘れたかのように、不自然に色がないのだ。色が抜け落ちている。地の色とも、まるで釣り合いがとれていない。不完全な藤の花だった。

「なんで、こんな……」

なんとも異様な着物だった。それに、色が欠けているせいか、静かなもの悲しさを覚える。とても静かな、嘆きのような――。

「伊達紋《だてもん》があるな」

慧が着物の背を指さした。そこにひとつ、紋が刺繍《ししゅう》されている。藤の花だ。こちらはちゃんと紫の藤だった。

「藤の花に、ええと――」

花に、文字が組み合わされている。鹿乃でも読める程度の崩し字だ。

「《藤壺《ふじつぼ》》？」

慧がうなずいた。

「『源氏《げんじ》物語』にちなんだ伊達紋だな」

伊達紋というのは、家紋とはべつの、装飾目的の飾り紋だ。伊達紋は飾り紋のなかでも装飾性が高く、絵や文字を使って、花鳥風月や故事、文芸を表したりする。

「江戸時代に、こういう伊達紋だとか、かんざしや袱紗《ふくさ》なんかで『源氏物語』を題材にするのが流行《はや》ったんだよ。雛形本《ひながたぼん》に――当時のファッションデザイン集だな、それに残ってる。それだけ『源氏物語』が広く庶民のあいだに知られていたっていう証左なわけだが」

江戸時代のみならず、いまにいたるまで『源氏物語』は着物まわりで好まれる題材である。

「ほな、この藤の柄《がら》も、藤壺からきてるんやな」

藤壺――というのは、光《ひかる》源氏にとって父帝のきさきにして、初恋の女性だ。

「でも、なんでその藤がこんなことになってるんやろ……」

それに、なぜここに送られてきたのかもわからない。

慧が着物に添えられていた手紙を手にとり、鹿乃にさしだした。鹿乃は着物をいったんソファに置いて、それを受けとる。封筒から、便箋《びんせん》をとりだした。

「《突然、このような着物を送りつけるご無礼をお許しください》――」

手紙はそんな文ではじまっていた。続く言葉に、鹿乃は「えっ」と声をあげる。

《もう覚えていないでしょうが、僕は良鷹君の中学時代の同級生です》

「お兄ちゃんの同級生やって」

「それが、なんだってこんな着物を送りつけてくるんだ？」

鹿乃と慧は、さきを読み進める。

《良鷹君宛てにしては、荷物を受けとってもらえないか、放置されるのではと思い、名前は記さず送ります。重ね重ね、申し訳ございません。妹さんがいると聞いておりますので、

この手紙を読んでくださるのは妹さんではないかと想像しております》

「よくわかってるな」

慧が感心したように言う。良鷹なら、覚えのない相手からの荷物など受けとらないし、受けとった荷物をほったらかしにすることもままある。

《お送りした着物は、十二年前に亡くなった祖父が持っていたものです。祖父の生前、僕はこの着物を見せてもらったことがありましたが、それは見事な藤の着物でした。薄紫からだんだんと濃くなってゆく花の色合いが、とても美しかったのを覚えています。ところが最近、祖父の遺品を整理していたら、この着物の藤がいまのような状態になっているのを見つけたのです。

野々宮さんの家は、昔からおかしな着物を集めているのだと、以前、祖父から聞いたことがあります。どうか、この着物をもとのように戻していただけないでしょうか。そのうえで、僕の死後は、そちらで保管していただきたいのです。勝手なお願いではありますが、聞き届けていただければ幸いです》

「――《僕の死後》……?」

不穏な言葉に、鹿乃は戸惑う。横から手紙をのぞきこんでいた慧が、何箇所かを指さした。

「これ、途中で筆圧が弱くなったり、字が乱れたりしたあと、またもとに戻ってる。何回かにわけて書いたんだな。あるいは、何日かかけて。——一度に書くだけの体力がなかったってことだ」

「病気やった、てこと？」

「うん。それに、十年も放ってあった祖父の遺品を、最近になって整理したってことだろ。自分の死期が近づいたから、一緒に整理したんじゃないか」

鹿乃は手紙を見つめる。では、送り主の津守亘というひとは、もう——？

「ひとまず、良鷹に連絡してみるか。仕事って、どこまで行ってるんだ？」

「遠くやないよ、下鴨の北のほう。お屋敷の骨董《こっとう》の買い取りを頼まれたとかで——」

下鴨の北？　と慧が訊き返した。

「送り主の住所も、その辺じゃなかったか？」

あっ、と鹿乃は送り状を確認する。たしかにそうだ。

ふたりは顔を見合わせる。

「まさか——」

良鷹は、下鴨本通を北に向かって車を走らせていた。寺町通《てらまちどおり》の『如月堂《きさらぎどう》』に寄って拾ってきた真帆《まほ》が、助手席で窓の外を眺めている。

「その津守さんてお宅、そんなに大きなお屋敷なんですか?」

「知らん。君のお母さんに訊いてくれ」

「知らないのに、向こうから指名されたんですか?」

今回の依頼は、真帆の母親から受けたものだ。彼女が顧問弁護士を務めている家の当主が亡くなったので、所有している骨董を買い取ってほしいのだと。その当主が、古美術商なら良鷹をと、指名したという。

「……同級生なんや」

「え?」

「亡くなったその家の当主ていうんが、俺の中学のときの同級生なんや」

真帆が目をみはる。

「良鷹さんと同級生って――じゃあ、ずいぶん若いのに」

それだけ言って、真帆は口をつぐんだ。病気なのか、それとも事故で――などと興味本位で訊いてくる娘ではないから、良鷹は仕事の手伝いを彼女に頼むのである。

津守亘――。

『良鷹くんは僕のことなんて覚えてはらへんやろうけど、て亘さんは言うてはったけど』

と、真帆の母、真理子《まりこ》は言っていた。

覚えている。線の細い、病気がちだった少年だ。透きとおるような青白い肌と、静かな瞳《ひとみ》をしていた。

良鷹が彼を覚えているのは、記憶力がいいからでも、彼が美しい容姿をしていたからでもない。現に、良鷹はほかの同級生については、大学のころでさえろくに思い出せない。中学のとき、亘は良鷹に一度だけ、ただ一度だけ声をかけてきたことがある。

「……」

良鷹は、大通りである北山通《きたやまどおり》に出る幾筋か手前で左折する。一方通行の細い路地を、車のスピードを落として進む。この辺りには門構えも立派な、大きな邸宅が建ち並んでいる。凝《こ》った造りの家も多い。そのなかでもひときわ長い塀が続く、数寄屋門《すきやもん》の屋敷の前で良鷹は車をとめた。表札に《津守》とある。ここだ。

「真理子さんの話では、親戚が乗りこんできてるんやと」

「乗りこんでって――遺産絡みですか」

「それ以外ないやろ」

面倒やな、と言って良鷹はインターホンを押した。

良鷹たちを出迎えてくれたのは、この家の家政婦だった。彼女につれられ、年月を経《へ》ていい具合に艶《つや》を帯びた杉板の廊下を歩く。踏むたび、きしきしと音が鳴っていた。

「先生、古美術商のかたがみえました」

そう声をかけて、家政婦がふすまを開ける。座敷の隅のほうに座っていた、グレーのパンツスーツをきりりと着こなした女性がふり返った。真理子である。

「ああ、良——鶉居堂《じゅんきょどう》さん」

真理子は良鷹の屋号で言い直す。真帆を見て、おや、というふうに片眉をあげたが、なにも言わなかった。

座敷には、彼女のほかに親族らしきひとたちが三人いて、座卓を囲んでいた。今日が四十九日の法要だったとかで、皆、喪服《もふく》姿である。

「そのひとが骨董屋さん？　てっきりおじいさんやと思てたわ」

驚いた様子で言ったのは、六十代くらいのふくよかな女性だった。いい喪服を着ている。漆黒《しっこく》と言うべき深い黒の着物と帯だ。喪服の黒は、質がひと目でわかってしまう。はきはきした口調だが、化粧は濃い目で、香水もきつい。どうも、すべてにおいて過多でないと気がすまないたちであるようだ。

「亘くんの同級生やて、弁護士さんが言うてはったやないか。ほんま、姉さんはいつもひとの話を聞かへんな」

あきれたように言うのは、やはり六十代かと見える男性だ。仕立てのいい喪服だが、管理がよくないのか、型崩れしている。当人はそうしたことに頓着《とんちゃく》していないらしい。磊落《らいらく》な雰囲気のひとだった。

「そやかて、こんな男ぶりのええひとが来るやなんて、思わへんやないの。なあ、多嘉子《たかこ》」

「いややわ、姉さん。そんなはしゃいで……今日は四十九日なんやから」

眉をひそめているのは、三人のなかではいちばん若そうな、五十代くらいの細身の女性だ。こちらは姉と違って洋服で、質のいいものを丁寧に手入れして、長く着続けている感じがした。化粧も控えめで、おとなしそうな品のある顔立ちをしている。

「あいかわらず、神経質やな。教師みたいなこと言うて――て、あんたは教師やったな」

姉が声をあげて笑う。妹は眉間《みけん》の皺《しわ》を深くして、男性のほうは知らんぷりを決めこんでいた。

「鶉居堂さん、紹介します。こちらのみなさんは、亘さんの親族で――」

真理子が彼女たちを手で示す。

「親族いうても、血のつながりはないんやけど」と姉のほうが言った。

「うちらの父が、亘くんの祖父の弟やったんよ。そやから亘くんのお祖父《じい》さんは、うちらの伯父《おじ》さん。亘くんは、いとこの子――なんやけど、亘くんの父親は伯父さんの養子やったさかい、血はつながってへん、いうわけ」

「そやけど、血はつながってへんいうても親族は親族なんやから、うちらが葬儀《そうぎ》やら法要やら、面倒見てあげてるんや。こういうときは助け合いやからな」

と、男性が笑って言う。妹は黙ってお茶をすすっていた。

「私は石山延子《いしやまのぶこ》。こっちは弟の津守忠行《ただゆき》。ほんで、妹の行本《こうもと》多嘉子。骨董は奥の蔵《くら》にあるさかい、あとで吉見《よしみ》さんに案内してもろて」

吉見、というのはさきほどの家政婦のことらしい。

「着いたばかりで疲れてはるやろ。こっちでちょっと一服しはったらええわ。ほら、吉見さん、お茶淹《い》れてきたって」

まるで自分の家の家政婦のように指図している。吉見はムッとした顔を隠しもしなかったが、お茶を淹れに座敷を離れた。

「亘くんも、気の毒なことやったな」

お茶を飲んでいた多嘉子が、ぽつりと言った。向かいで忠行がうんうんとうなずく。

「まだ若いのになあ。子供のころから体が弱くて、かわいそうやったな」

「家族の縁が薄い子やったんやわ」

延子は菓子盆からおかきをつまんで、口に放りこむ。

「両親は事故で早《はよ》うに亡くして、お祖父さんも亡くなって、お嫁さん迎えはったと思たら、そのお嫁さんも出産と同時に亡くさはって——」

「え？」

良鷹は、座敷に入ってからはじめて口を開いた。

「津守——亘くんは、結婚してはったんですか」

「知らんかったん？　そやで」

延子は言い、座敷の奥を指さした。障子《しょうじ》が開け放たれ、陽《ひ》のあたる縁側が見える。

「忘れ形見も、ほら、そこに」

障子の向こうに、小さな影がさしていることに気づいた。誰か、縁側にいる。それも、まだ、小さな——。

「幸《ゆき》ちゃん、いらっしゃい」

延子が猫撫《な》で声を出した。精一杯のやさしい声のつもりらしい。影は動かない。多嘉子が立ちあがり、障子の向こうをのぞきこんだ。

「お父さんのお友だちが来てはるんよ。おいで」

友だちではないが——と良鷹は思ったが、ここで口にすべきことでもない。障子の向こうから、影が姿を現した。

十歳くらいの、小さな少女だった。黒いワンピースを着て、絵本を抱《かか》え、クマの顔のポシェットを斜めにかけていた。三つ編みにした髪に、リボンがついている。

似ている、と思った。亘によく似ている。大人になってからの彼は知らないが、中学生の亘は、線が細く、澄《す》んだ目をして、女の子のような顔をしていた。目の前のこの少女は、その瞳を受け継いでいる。なにもかもを見透かしてしまいそうな、透きとおった、水のような美しい瞳をしていた。

「亘くんによう似て、えらいべっぴんさんやろ」

忠行が笑う。幸、と呼ばれた少女は表情をすこしも動かさない。ただじっと、猫のように良鷹を凝視していた。わずかに良鷹が身じろぎすると、少女はびくりと震えて身を翻《ひるがえ》し、あっというまに座敷から逃げていった。

「あれまあ、またあの子は」

延子があきれる。「十歳にもなって、ろくにあいさつもできひんのやから、困ったもんやわ。男親に育てられると、あんなもんやろか」

「姉さん」と多嘉子がとがめる。「お父さんを亡くしたばっかなんやで。そんな言いかたないやろ」

「あかんことはあかんて教えな、あとで困るんはあの子やで。表面だけええ顔して、甘やかしたかて、あの子のためにはならへん」

「そういうことを言うてるんと違う。言いかたてもんが――」

「はいはい。裏でまでそんな、あの子の味方です、いう顔せんでもええやないの。もう自分が保護者に決まったみたいな口ぶりで、えらそうに」

「すくなくとも、姉さんみたいに金勘定しか頭にないようなひとには、ああいう繊細な子の面倒は任せられへんわ」

「金勘定て、私はあんたと違《ちご》てなにもお金に困ってるわけやないさかい――」

「ああもう、ふたりとも、やめえや」

さすがに見かねて忠行が割って入った。女性ふたりは不満そうに口をつぐむ。忠行は良鷹のほうに愛想《あいそ》笑いを向けた。

「堪忍《かんにん》な。このふたりは、もとから仲が悪いんや。あいだに挟まれて、僕はいつも胃が痛うてかなわんわ」

「なに言うてんの、自分ひとり関係ないみたいに」

「兄さんとこは男ひとりなんやから、女の子引き取るんは無理やろ。そら、関係ないわ」

良鷹はちらりと真理子に視線を向ける。真理子は薄目になって、わずかに首をふった。やれやれ、とあきれているように見えた。良鷹は腰をあげる。

「ほな、そろそろ仕事にかからしてもらいます」

もう？　と延子が残念そうにしたが、かまわず吉見に案内を頼む。真帆とともにふたたび廊下に出た。

「ようするに……」

座敷では終始、存在を消すように黙っていた真帆が、小さな声で言った。

「あの幸ちゃんがこの家の財産を継いで、その後見人に誰がなるか、で揉《も》めてる感じですね」

はあ、と真帆はため息をつく。後見人になったからといって、財産は幸のもので好き勝手に使えば横領なのだが、どうも、延子たちの様子からはそのつもりが濃厚に思えた。もちろん、表向き、そんなことは言わないだろうが。

「たったひとり残されて、頼みになる親族があのひとたちだけとなると、あんまりですね」

「ほんまですよ」

とあいづちを打ったのは、さきを歩く吉見だった。五十代くらいの、髪をひっつめた、飾り気のない女性である。彼女は四年ほど前から通いの家政婦として雇われているそうだ。

「津守さん、葬式《そうしき》はせんでええて言うてはったのに、あのひとらが『そんなわけにいかん』て勝手に葬儀社に連絡するわ、『分家やいうても津守の家なんやから』て高い葬式にしようとするわ、たいへんやったんですよ。望月《もちづき》先生がちゃんとしてくれはって、ほっとしましたけど」

真理子もあのひとびとには手を焼いているようだ。

「葬儀のあとも家に居座ってはって、それも先生が『四十九日が過ぎてから話し合いましょう』て言うてくれはって、ようやく引きあげていかはったんですよ。やれやれと思てたら、あっというまにもう四十九日」

「――あの子は、ひとりでここに住んでるんですか」

良鷹は、そんな問いが思わず口をついて出ていた。

「え？　ああ、幸ちゃん。そうです、昼間は私がいますけど、通いですから、夜は幸ちゃんひとりです。でも――」

吉見は口ごもり、言いにくそうに声をひそめた。

「なんて言うたらええんか……ひとりやないから、大丈夫、て言うんです。幸ちゃん」

「ひとりやない？」

「ええ、そう。あの……お父さんもいはるし、おじいちゃんもいはるから、て」

沈黙が落ちた。

「お母さんはいはらへんけど、さみしない――言うて。私、なんや怖なってしもて……小学生の子をひとりにするんは、と思うんですけど、よそのひとがいるほうがいやや、とも言うし。しっかりした子なんです」

しっかりしているといっても、まだ小学生ではないか——と思い、良鷹は首筋をかいた。自分が気にすることではない。よその家の問題だ。

「こちらです」

廊下を折れたさきに、蔵の扉があった。屋敷のなかにあるタイプの蔵だ。吉見が錠《じょう》を外して、扉を開ける。なかに入ってぐるりと見まわした良鷹は、吉見をふり返った。

「これだけですか?」

なかは、がらんとしていた。棚にいくつか箱があるだけで、それ以外はなにもない。

「そうです。なんでも、津守さんのお祖父さまが生前、あらかた処分なさったそうで。津守さん自身は骨董趣味もありませんでしたし、残ったのがそれです」

「……」

良鷹は背広を脱ぐと棚の端に置き、箱のひとつを手にとった。手のひらにのるくらいの小箱だ。開けてみると、懐中時計が入っていた。ほかの箱も開けてみる。煙管《きせる》に煙管筒《きせるづつ》、煙草入れ《たばこ》——煙管は銀製の雁首《がんくび》と吸い口に見事な秋草の彫りが入ったもので、更紗《さらさ》の煙草入れも趣味がいい。夏用に網代《あじろ》の煙草入れなどまであるところから、亘の祖父がそうとうな洒落者《しゃれ》だったのがわかる。いずれも江戸から明治《めいじ》にかけてのもののようだが、丁寧に手入れされ、使いこまれた様子があった。どうやらよく使うものだけ残した、ということらしい。箱のひとつにはかんざしが入っていたが、こちらは夫人のものだったのだろうか。

しかし――。

すべての箱を確認し終えた良鷹は、蔵のなかをもう一度眺める。この数点の品を買い取らせるためだけに、亘はわざわざ、良鷹を呼んだというのか。ほんとうに？

「これだけなら、荷物持ち、いりませんでしたね」

荷物持ちの要員に雇った真帆が拍子抜けしている。延子たちのもとに戻るのがいやなのか、吉見がまだ入り口にいて、「お祖父さまの代やったら、きっと立派なものがたくさんあったと思うんですけどねえ」などと言っている。

「だって、なんていうても、勘当《かんどう》された身ながら一代で財を成したかたですからね」

「そうなんですか？」と真帆が興味を持った様子で吉見をふり向く。

「ここらじゃ有名ですよ。裕福な商家の跡継ぎやったそうなんですけど、勘当されて、家を追いだされたんやそうです。でも織物の事業を興《おこ》さはって、それが大当たり。対して、勘当した本家のほうは戦後、すっかり没落したそうで。跡を継いだのは弟さんやったそうですけど、うまくいかんかったようですね。そのお子さんがたが、いま来てはる三人ですよ。長女の延子さんは会社社長の奥さんで、あのとおり派手なかたで、えらい浪費家です。長男の忠行さんは会社を経営してるて聞きましたけど、奥さんと息子さんが熟年離婚で出ていってしもて、慰謝料の支払いがたいへんやそうですよ」

吉見はよほど延子たちが腹に据えかねているのか、ぺらぺらとよくしゃべる。

「次女の多嘉子さんはずっと教師をしてはって、いまどこかの教頭やていうたかな。きっちりしてはるひとに見えますけど、だんなさんがね。退職しはったあと、あやしい投資話にのってしもたとかで、老後のために貯《た》めてた資金、すっからかんになってしもたんですって。そやからあのひとらは、みんなお金が欲しいんですよ。延子さんはお金に困ってないなんて言うてはりましたけど、あればあるだけ使うひとですよ、ああいうひとは。金のなる木は何本でも欲しいに決まってます。……あんなひとらのとこに行かなあかんやなんて、幸ちゃんがかわいそうで……」

言うだけ言って、吉見はため息をついた。

「誰かひとりでも、幸ちゃんの家族が生きてはったらなあ」

「幸ちゃん、ほんとうにほかに親族はいないんですか？」

真帆も心配そうにしている。

「いないんですって。延子さんやないけど、ここのひとは、家族の縁が薄いんやろか。津守さんのお祖父さまは、せっかく養子にしはった息子さんとそのお嫁さんをいっぺんに亡くさはって、残された津守さんも、子供のころから病弱で。津守さんは、高校も途中でやめはったそうで、それからは家でのんびり暮らしてはったそうです。もちろん働くなんてできひんかったけど、不動産やら株やらでじゅうぶん裕福やったみたいですね。そやから、あのひとらもその財産を欲しがるわけですけど……」

やさしくて、ええひとでなあ、と吉見はしみじみ言った。

「うまいこと言えへんけど……天使ていうもんがいるんやったら、こんなひとやろか、と思ったくらいです。ちっとも邪気がなくて、いさめることはあっても、怒ることなんてまるでないひとでした。あんなにええひとやのに、両親も奥さんも亡くさはって、自分まで……世のなか、うまいこといかへんもんですね。ああいうひとほど、早《はよ》うに亡くならはる」

吉見はしんみりと言って、エプロンで目もとを押さえた。

「天使ていうのは、わかります」

ぼそっと良鷹はつぶやいた。うまいことを言うものだ、と思った。あの透明な瞳。あれは世のなかの塵芥《ちりあくた》にまみれるべき瞳ではなかった。世間からずっと遠いところにある、美しい魂《たましい》が透けて見えるような瞳だった。

「わからはりますか。やっぱり、ご友人なんですねえ」

吉見は洟《はな》をすすって、笑う。友人ではない、と否定しようとしたとき、座敷のほうから「吉見さん、吉見さん！」と延子のきつい声が聞こえた。吉見は顔をしかめたが、しかたない、というふうに息を吐くと、良鷹たちに一礼して戻っていった。

「亘さんて、そんなにいいひとだったんですか」

吉見が去っていったあと、真帆が言う。

「知らん。俺は一回しゃべったことがあるだけや」

「でも、天使って。良鷹さんが手放しでひとのこと褒《ほ》めるのって、はじめてじゃありませんか」

「べつに、褒め言葉やないやろ。それに褒めるくらい、俺でも――」

良鷹は、ふと、ひとの気配を感じて入り口をふり返った。半分、体を隠すようにして、少女がのぞきこんでいる。幸だ。

幸は、良鷹と目が合うと、ぱっと顔を引っ込めた。だが、逃げようとはしない。良鷹が動かずにいると、またそろそろと顔を戻した。亘によく似た瞳が良鷹を映している。良鷹は、床に膝《ひざ》をついて幸と目線を合わせた。

「なんか用か？」

幸は持っていた絵本をぎゅっと抱きしめた。子供とはいえ、もう絵本を好む年齢は過ぎているように思うが、好きな本なのだろうか。

逃げもしないが、口を開きもしない。良鷹を見定めるかのように、じっとうかがってい
る。良鷹は、幸の三つ編みの片方が、ほどけかかっているのに気づいた。ゴムがなくなっ
ている。

「それ、どうしたんや。髪」

良鷹は身ぶりで髪を示す。幸はちょっと髪をつまんで、

「……とれてしもた……」

と言った。思ったよりも舌足らずな、頼りない口調だった。

「ゴムは？」

と訊けば、幸はワンピースのポケットをさぐる。手を前にさしだしたので、良鷹は少女
のそばに近づき、膝を折った。

「ああ、ゴムが伸びきってたんやな」

リボンのついたヘアゴムを手にとる。ゴムの部分がほつれて、ちぎれかかっていた。

「その髪、自分で編んだんか？」

幸は首をふる。「吉見さんがやってくれはった」

あの家政婦は、あまり気のつくほうではないらしい。ちぎれそうだったら、べつのゴム

にしてくれればいいものを。

「ほかのゴム、持ってるか？」

幸はポシェットのファスナーを開くと、なかからヘアゴムをとりだした。赤いリボンのついたゴムだ。

「くくり直したるわ」

良鷹は、ほどけかかっていた幸の髪を編み直して、ゴムでくくる。もう一方の三つ編みも、ゴムを取り換えた。鹿乃が子供のころ、髪を結んでやっていたことを思い出す。

「ほら。これでええやろ」

リボンの向きを整えてやって、良鷹は腰をあげる。幸はたしかめるようにリボンを眺めて、「ありがとう」ともじもじしながら言った。

「……おじさん、お父さんの友だちやったん？」

良鷹は返答に迷う。

「君のお父さんの、中学生のときの同級生や」

「名前は？」

「え？」

「じゅんきょどう、ていうのが、おじさんの名前なん？」

「いや、それは屋号——仕事するときの名前や」

「ほな、名前は？」

なぜそんなことを気にするのだろう、と思いつつも、良鷹は名乗った。

「野々宮良鷹」

「野々宮、よしたか」と幸は慎重に繰り返す。良鷹は棚に置いた背広の胸ポケットから名刺入れをとりだすと、幸に名刺を一枚、さしだした。「こういう字や」

幸はまじまじと名刺の字を見つめている。真剣な表情だった。

「それ、やるわ。持っとき」

幸は名刺と良鷹の顔を見比べ、うなずいた。大事そうにそれをポシェットにしまう。かと思うと、くるりと背を向け、走り去ってしまった。つむじ風のような子だ。

「良鷹さん、何気に子供のあつかいは上手ですよね。鹿乃ちゃんで慣れてるから」

ふたりのやりとりを眺めていた真帆が、感心したように言う。

「べつに、上手やない。あの子は俺を信用してへんで」

「そうですか？」

真帆は首をかしげている。幸は、信用できる大人かどうか、きちんと見ているのだ。吉見がしっかりしている、と言ったのは、あの子のああした部分だろう。

「それで、これはどうします？　持っていくんですか？」

真帆が棚にある箱のほうを向く。

「俺の言い値で買い取ってくれてええ、て言われてるから、持って帰る」

亘がそう真理子に言ったそうだ。彼がなにを考えていたのか、わからない。真帆は鞄《かばん》から風呂敷をとりだし、箱を包みはじめた。

「良鷹さん、お父さんの研究を整理してるんだそうですね」

「鹿乃から聞いたんか？」

「はい。鹿乃ちゃん、うれしそうでしたよ。一緒にお父さんの研究を続けられたらいいな、って言ってました」

「……」

「良鷹さんは、最近ちょっと雰囲気が変わりましたね」

「そうか……？」

「投げやりな感じがなくなりました」

「投げやりて……」

――桜の着物のせいだろうか。

花は散り、種となり、また花が咲く。あの桜は、良鷹にも種を残していったようだった。

新しく生まれるもの、古く滅びてゆくもの――それらが輪となって巡っている。そのことを、良鷹はずっと、考えている。まだ、出口に向かうかどうか、良鷹の足は躊躇《ちゅうちょ》しているが――。

「なんや？」

ポケットに入れておいた携帯電話が震えだし、良鷹は画面を確認する。鹿乃からだった。

電話に出ると、「お兄ちゃん」とどこか戸惑ったような鹿乃の声がする。今日は慧が来ているはずだが、それでも良鷹に電話をかけないといけないような不測の事態が起こったのだろうか。

「なんかあったんか？」

思わず深刻な声になったが、鹿乃はあわてて「ううん、べつに悪いことがあったわけやなくて」と言った。

「お兄ちゃんの同級生やった、津守亘さんてひとから、荷物が届いてるんよ。着物なんやけど」

「――津守から、荷物？」

それも、着物だと？

「お兄ちゃんがいま仕事に行ってるところって――」

「津守の家や」

やっぱり、と鹿乃は言う。

「お祖父さんが持ってはった着物なんやって。女物の、藤の着物なんやけど。藤の色が消えてしもとって……」

亘からの手紙の内容を聞き、良鷹は考えこむ。なぜ、亘は着物を送ってきたのだろう。良鷹に骨董の買い取りを頼んでいたのに。良鷹が来ることはわかっているのだから、そのとき着物も託せばいいではないか。

——いや、わかってはいなかったのか。

自分の死後、良鷹がどう動いてくれるか、確証はない。良鷹が骨董の買い取りを拒否する可能性も、亘は考えたのではないか。荷物を送るさいに良鷹宛てにしなかった慎重さを思えば、ありうる。だから、着物は保険なのだ。骨董を買い取りに来なかった場合の。

着物が届けば、良鷹はともかく鹿乃ならそのままにしないし、調べるために津守家に出向きもするだろう。そのさいには同級生の良鷹が同行するのが自然だ。

つまり、亘はどうあっても良鷹にこの家に来てもらうのが目的だったのでは？

——いったい、なんのために。

「お兄ちゃん——お兄ちゃん？」

鹿乃に呼びかけられて、われに返る。

「なんや」

「亘さんのお祖父さんのこと訊きたいから、いまからそっち行こうと思うんやけど、いい？」

「好きにしたらええけど……」良鷹は親族の面々を思い浮かべる。「有益なことがわかるかどうかは、保証せんで」

「そんなん、いつものことやから。ほな、行くわ」

電話を切り、良鷹は「ちょっと真理子さんとこ行ってくる」と真帆に言い置き、蔵を出た。廊下を座敷のほうに戻っていると、途中に台所があり、そこから吉見の声がする。

「私は延子さんの家政婦と違うんですからね。いいかげん、そう言うてくれませんか」

「いやあ、すまん、すまん。このとおり、堪忍な」

相手の声は、忠行である。また延子になにか言いつけられて、吉見は立腹しているようだ。良鷹に気づいて、吉見は愛想よく笑って台所を出てきた。

「もう終わらはったんですか？　お茶でもどうです？」

「いえ、まだなので、けっこうです」

会釈して通りすぎる。吉見はつまらなそうに台所に引っ込んだ。座敷のふすまを開けると、真理子は延子たち相手になにか説明しているところだった。良鷹が合図すると、「ちょっと失礼します」と言って廊下に出てくる。

「どうかした?」

「真理子さん、うちに津守くんから着物が届いてるんやけど、なんか知ってはる?」

「ああ、それやったら、わたしが手配したんや。亘さんに頼まれて」

やはりそうか。

「僕が今日来るんやから、直接渡してくれはってもよかったのに」

「『あれは買い取ってもらえるもんやないし、野々宮くんにいらへん、て言われたら困るから』て亘さんは言わはってな――ごめんな、どうしてももらってほしい着物なんやて。そやから、宅配で送りつけるような真似《まね》をしたんやわ」

真理子はすまなそうな顔をする。

「鹿乃ちゃんやったら、性格的に受けとってくれるやろ。そやから、良鷹くんが留守にする日……つまり今日やけど、その日を狙ってわたしが手配したんや」

「面倒なことしはりますね」

「ごめんて」

着物は、良鷹が骨董の買い取りを拒否したさいの保険――というだけでなく、そのものにも亘の深い思惑があるらしい。

「津守くんは、なんでそこまでその着物にこだわってたんですか」

「さあ……お祖父さんが大事にしてはった着物やそうやけど」

そう言って、真理子はちらりとふすまのほうをふり返り、声をひそめた。

「着物のことはわからへんけど、亘さんは自分の亡くなったあと、幸ちゃんを巡ってひと悶着《もんちゃく》起きるやろうていうのはじゅうぶんわかってはったし、心配してはった。それに……」

真理子は口ごもる。

「それに？」

「……亘さんは、幸ちゃんが危ない目に遭《あ》うんやないかて、心配してはったみたい」

「危ない目？」

良鷹はけげんに思う。

「なんでですか？　相続の件なら、丁重に扱われこそすれ、危険なことはあらへんでしょう」

幸が死んで延子ら親族に遺産が渡るというならともかく、幸の曽《そう》祖父の姪《めい》・甥《おい》である延子らに相続権はない。

「そうなんやけど、わたしがそう説明しても、亘さんは不安に思ってはって――」

真理子が口を閉じる。インターホンが鳴ったのだ。良鷹たちの隣を通りすぎて、「はいはい」と言いながら吉見が玄関に走ってゆく。良鷹も玄関に向かった。来たのは鹿乃だろう、と思っていたら、やはりそうだった。慧もいる。

鹿乃は、淡い卵色の地に薄紅の薔薇《ばら》を描いた着物に、蝶《ちょう》の柄の染め帯を締めている。この春から大学生になったが、良鷹の目にはまだまだ幼く見える。ちょこちょこと良鷹のあとをついてまわっていた、幼いころの印象がぬぐえないせいだろう。もうあのころのような子供ではないというのは、わかっているつもりなのだが。

「お兄ちゃん」

鹿乃は玄関にやってきた良鷹を見て、ほっとしたようにそう呼んだ。鹿乃は知らない場所では緊張して迷子のような顔をするし、良鷹を見つければ安堵《あんど》で顔がゆるむ。昔から変わらない。この顔が見たくて、物陰《ものかげ》に隠れたことが何度かあった。

「妹さんですか」

吉見が鹿乃と良鷹の顔を見比べている。なぜ妹が、とけげんそうだった。

「ちょっと私の手伝いで」

と、良鷹はてきとうに理由をつけた。馬鹿《ばか》正直に亘から送りつけられた着物があって……などと言うと、かえって面倒になりそうだった。

「ついてこい」と鹿乃と慧をうながし、廊下を進む。途中で忠行と鉢合わせした。

「こりゃ、えらいべっぴんさんと、ええ男がそろってはるな」

鹿乃ははにかんだが、良鷹はその前に割りこんで「どうも」とだけ言うと、さっさとさきへと歩いた。

「いまのは？」

慧が訊いてくる。

「津守忠行。津守亘のお祖父さんの甥や」

「電話で訊きそびれたんやけど、津守亘さんて——やっぱり、亡くなってはるん？」

良鷹はほんのすこし、答えるのに間が空いた。

「今日が四十九日や」

鹿乃は息をついた。

「あとで線香、あげさせてもろてもええやろか」

「顔も知らんのに」

「だって……こういうのも、縁やろ」

良鷹は線香をあげるのも手を合わせるのも、さして意味があるものとは思わない。だが、鹿乃はそういうものを大事にする。意味が目に見えないからこそ、そういう型は大切だという。芙二子《ふじこ》も似たようなことを言っていた。

蔵へ入ると、真帆が床に座りこんで退屈していた。

「真帆ちゃん」と鹿乃はうれしそうに近づく。「いつもお兄ちゃんの仕事、手伝《てつど》うてくれて、ありがとうな」

「こっちはバイト代出してるんやぞ」

と言うが、鹿乃は聞いてない。

「骨董て、これだけ?」

「お祖父さんが、生前に処分したんだって」

見る? と真帆は一度包んだ風呂敷をほどいて、箱をさしだす。「これ、きれいやなあ」と鹿乃はかんざしを見て声をあげていた。

「着物のことやけどな、いま、この家は相続の件で面倒なことになってるから、着物をもろたていうのは言わんほうがええぞ。ややこしいことになりそうや」

「遺産相続で揉めてるのか」

慧があきれたように言う。良鷹は吉見から聞いた話をした。

「その幸ちゃんて、こんな広いお屋敷に、夜はひとりなん?」

鹿乃が気にかけたのは、やはりそこだった。

「そうらしい。そやけど……」

――ひとりやないから、大丈夫。

――お父さんもいはるし、おじいちゃんもいはるから。

そう言っているのだということを、言おうとして、良鷹は口をつぐんだ。

「それで、着物についてはどうする？」

慧が鹿乃に尋《たず》ねる。うーん、と鹿乃は首をかしげた。

「お祖父さんのことを聞いたら、なにかわかるやろか。そもそも、あの着物て、誰が着てはったものなんやろ。奥さんやろか」

「考えてみたら、そのお祖父さんの名前も知らないんだな」

ではやはり亘の祖父を知るところからだ――という話になる。

「延子さんあたりは、しゃべってくれそうな気ィするけどな」

仕事が終わったと報告に行って、世間話のついで話をふれば、亘の祖父についてあれこれしゃべってくれるのではなかろうか。

「ほな、まず線香あげに行くか」

良鷹は風呂敷包みを手に蔵を出る。仏間の場所がわからないので、吉見に訊きに行った。

「仏間ですか？　ああ、線香を。それは津守さんも喜ばはるでしょう」

吉見は快《こころよ》く案内してくれる。仏間に入ると、法要を行ったあとだからか、線香のにおいが強く残っていた。後飾《あとかざ》りの祭壇はすでに撤去され、仏壇に亘の小さな写真が置いてあった。当たり前だが、大人の写真で、しかし少年のころの面影は薄れていなかった。あのころのままの、澄んだ瞳をしている。

仏壇の前に座り、鹿乃が手を合わせる。良鷹はそのうしろに座って、遺影を眺めていた。走ってくる小さな足音がして、良鷹はふり返る。縁側を走ってきた幸が、良鷹たちを見て足をとめた。鹿乃もふり向き、幸と目が合う。

「……幸ちゃん？」

鹿乃が呼びかけると、幸はしばらくじっと鹿乃の顔を見つめていたが、こくんとうなずいた。

「わたし、野々宮鹿乃です」

野々宮、と幸はつぶやいて、良鷹のほうを見る。

「こっちは兄で、わたしは妹」

幸はまたうなずいた。わかった、というように。

「その絵本、お気に入りなん？」

鹿乃は幸が胸に抱えている絵本に目をやる。幸は、たたっと鹿乃のそばに駆けよると、ぽすっ、と座った。どうやら鹿乃は、ほとんどひと目で幸の信用を勝ち得たらしかった。良鷹に向けた、見定めるような様子はない。だいたいにして、鹿乃はひとの警戒を解くのがうまいのだ。意図《いと》してそうするのではなく、鹿乃の性質がそうさせるのである。

幸は鹿乃に絵本を見せる。鹿乃はほほえんだ。

「『みにくいあひるの子』やな」

幸が絵本を開こうとしたとき、「こっちやったんか、幸ちゃん」と多嘉子がやってきた。幸は絵本をすばやく閉じて、胸に抱えこむ。

「あっちの座敷に、ちょっと来てくれる？　おばさんたちと、お話しよ。な？」

幸は黙って首をふる。

「幸ちゃんの好きなお菓子もあるで。チョコの入ったクッキー。お腹空《なか》いてるやろ？」

お菓子には心惹《ひ》かれるのか、幸はちらりとふり返ったが、立ちあがりはせずに、鹿乃の手をつかんだ。

「あら」と多嘉子は気が抜けたような声を出した。「そのお姉さん、お友だち？」

鹿乃を幸の前からの知り合いだと思ったらしい。「私の妹です」と良鷹は言った。

「あなたの？　へえ、ずいぶん懐いてるんやな」

多嘉子は鹿乃をじろじろと眺める。いやな目をする、と良鷹はその視線を遮《さえぎ》りたくなった。忠行の好色そうな視線よりましだが。

「お仕事、終わらはったん？」

多嘉子は良鷹が脇に置いた風呂敷包みを見て言う。

「はい」

「ほな、皆さんもお茶どうぞ。幸ちゃん、そのお姉さんと一緒やったらええやろ？」

幸の機嫌をとるように笑いかけて、多嘉子は座敷を出ていった。話を聞く口実を作らなくてはならなかったところに、ちょうどよくお茶に誘われたので、良鷹たちはこれ幸いと座敷に向かう。幸は鹿乃と手をつなぎ、くっつくようにしていた。よほど鹿乃を気に入ったと見える。なにがそこまで懐かせているのだろう。

「骨董て、たいしたものはもうなかったでしょう」

座敷で出されたお茶を飲んでいると、忠行が言った。全員で座卓を囲んでいるので、少々狭い。

「伯父さんが晩年にほとんど売ってしもたからなあ」

延子も言う。なるほど、彼女たちが骨董の処分になんの口出しもしなかったのは、めぼしいものはないとわかっていたからか、と良鷹は腑《ふ》に落ちた。こうしたタイプの親族が『あの壺《つぼ》は生前、自分に譲ると言ってくれていた』だの『この茶碗《ちゃわん》はもともとうちの祖父が受け継ぐはずのもので』だのと、かけらも言いださないのを不思議に思っていたのだ。

「幸ちゃん、クッキーおいしい？」

多嘉子が、鹿乃の隣で黙々とクッキーを食べている幸の顔をのぞきこむ。幸は無言でうなずいた。

「子供がお菓子食べてる様子ていうんは、かわいらしいもんやな。うちの子の小さかったときを思い出すわ」

きつい口調の延子も、クッキーを頰《ほお》張る幸には目を細めている。

「孫がいま二歳でな。こっちもかわいいさかりやで。幸ちゃん、うちに来たら妹ができるんよ」

やわらかい態度になったと思ったら、そういう話か、と良鷹は横目で幸をうかがう。幸は無反応だった。

「二歳の子がいる家なんて、うるさいやないの。世話も行き届かへんやろし。幸ちゃんはもっと静かな環境で暮らしたほうがええわ。なあ？」

「多嘉子のとこは静かていうより、暗いやないの。それにだんなさんとしょっちゅうケンカしてるて話やし、そっちのがうるさいやろ」

「だ――誰がそんなこと」

「まあまあ、ふたりとも」

剣呑《けんのん》な雰囲気になったふたりを、忠行がなだめる。延子と多嘉子は彼をにらんだ。

「あんたは黙ってなさい。関係ないんやから」

「そうや、兄さんは黙ってて」

「関係ないてことはないで。静かな家ていうたら、うちがいちばん静かでええ環境や」

「なに言うてんの。女手のない家になんか、女の子を預けられへんわ」

「それがなあ」忠行は得意そうに笑う。「俺は今度、再婚するんや」

「なんやて！」と延子と多嘉子の声が重なった。

「そんなん、初耳やで、兄さん。話が違うやないの」

「どこの誰とや？　財産目当てなんと違うの？　あんたは女を見る目ないんやから」

「うるさいなあ」忠行は鬱陶《うっとう》しそうに姉と妹をにらむ。「どこの誰でもええやろ。姉さんたちみたいなひとやないさかい、安心してや」

なんやて！　とふたりは気色《けしき》ばみ、ケンカになりそうだったところに、「あの」と鹿乃が声をあげた。

「なんや！」と三人の顔がいっせいに向けられ、鹿乃はたじろいだが、言葉を続けた。

「あの……皆さんのおっしゃる伯父さんというかたは、どういうかたやったんですか？」

「ええ?」延子が毒気を抜かれたような顔をした。「伯父さん?」

「どういうかたて、なあ……」忠行が言い、三人は顔を見合わせる。言い争いになりそうだった空気がおさまる。鹿乃がほっとしたように小さく息をついていた。

「あんた、知らへんの? 津守利光《としみつ》て。家放りだされたけど、自分で事業はじめて、それが大成功をおさめて……慈善事業もようけやってはったさかい、有名やったんやで」

「逆にそんな伯父さんを追いだした本家のほうは没落してな。ええ笑いもんや」

多嘉子は自嘲《じちょう》するように笑った。延子は鼻白んだように「あんたはそういうとこが卑屈《ひくつ》なんや」と顔をしかめる。

「伯父さんはなあ、洒落者やったな。ハンサムやったし」

忠行が腕を組み、懐かしむように言った。

「若いころは『光源氏』て近所で噂《うわさ》されるくらい」

光源氏、と鹿乃が小さくつぶやいた。

「そやけど、光源氏と違《ちご》て、ようもてたのに、一生独身やったわ」

「え?」

鹿乃が目をみはる。「結婚してはらへんかったんですか」

「そや。養子縁組したんもそれやからや」

では、彼が大事にしていたという着物は、妻のものではないのだ。

「伯父さん、やっぱりていさんが忘れられへんかったんやろか」

延子がぽつりと言った。

「ていさん?」

「伯父さんのお父さん――うちらにとってはお祖父さんやな、その後妻さんや。伯父さんがなんで勘当されたかいうたら、ていさんに横恋慕したからや」

ふふ、と延子は肩を揺らす。

「ていさんて、伯父さんよりも歳《とし》が下で、きれいなひとやったさかい、伯父さんとはお似合いやったやろな。若いうちに亡くならはったそうやから、うちらも写真でしか見たことないんやけど」

なあ、と多嘉子に話をふるが、多嘉子は眉をよせている。

「そんな話、べらべらしゃべるもんと違うやろ。姉さんはこれやから……」

「こんなん、知ってるひとは知ってることや。隠してもしゃあないやろ」

多嘉子はじろりと鹿乃を見た。

「なんで伯父さんのことなんか、知りたがりはるん?」

「いえ、あの――」

「そろそろええやろか。これから身内で話さなあかんこともあるさかい」

帰れ、ということである。鹿乃は良鷹のほうを見あげた。良鷹はちょっと考え、延子に話しかける。

「亘くんの部屋を見せていただくわけにはいきませんやろか。最後にどういうところで過ごしてたんか、見てみたいんですけど」

「そんなん、いくらでもどうぞ。亘くんもうれしいやろ」

愛想よく応じる延子に、多嘉子が「ちょっと姉さん」と声をとがらせる。

「ええやないの、それくらい。かまいませんやろ、先生」

真理子は「ええ」とうなずく。

「そういうわけやから、ご自由にどうぞ。吉見さん、案内したって。うちらはうちらで、話を進めんと日が暮れてまうわ」

延子もようは、よそ者をこの場から追いだしたいだけのようである。

「それから、骨董なんですが」と良鷹はかまわず食いさがった。さすがに延子も迷惑そうな顔をする。

「利光さんの持ち物ばかりですから、ふつうに売却するより、利光さんにゆかりのあるかたにお譲りしたほうがええかと思うんですが、親しかったかたなど、ご存じありませんか」

「骨董屋さんが、わざわざそんなことまで考えてくれはるん？」

「依頼主が亘くんですから」

言葉すくなに答える。

「亘くんもええお友だちを持ってはったんやな」という延子の言葉には、上っ面だけの感慨しか含まれていなかった。

「そやけど、伯父さんの交友関係はわからへんさかい、ちょっと思い当たらへんわ」

多嘉子も忠行も同意していた。ともかくも彼らは、幸の後見人に誰がなるか――遺産の行方がどうなるか、で気もそぞろなようだった。

「ほな、失礼します」

良鷹は一礼し、鹿乃たちも腰をあげようとする。が、鹿乃の袖を幸がつかんだ。

「お父さんの部屋、わたしがつれてったる」

「幸ちゃん」と多嘉子がたしなめる。

「幸ちゃんは、いまからおばさんたちとお話や。な？」

「わたし、どこにも行かへん」

予想外に強い口調で、幸は言った。延子たちが目を丸くしている。

「最初からそう言うてる。わたしはここで暮らすんや。おばさんのうちにも、おじさんのうちにも行かへん」

「でもな、幸ちゃん。ひとりで残すわけには――」

「ひとりやない。お父さんも、おじいちゃんもいはるから、出ていきたない」

延子たちは、ぎょっと顔をひきつらせた。

「いはるって――」と忠行はこわごわ周囲を見まわし、多嘉子はぎゅっと口を閉じて、延子は眉を吊りあげた。

「気味悪いこと言わんとき。なんやの、わけわからへんことを」

「姉さん。出ていきたないから、そういうことを言うんや。叱ったらいかん」

多嘉子は小声で言って、幸に笑顔を向ける。

「幸ちゃん。お父さんやお祖父ちゃんがいはるんやな。ふたりとも、幸ちゃんを心配してはるんやろ。ひとりで住もうとなんてしてるさかい、心配なんや」

「そうやない。お父さんはわたしを守ってくれてはる。おじいちゃんは――おじいちゃんは、苦しい、て」

「え？」

「苦しくて、胸を押さえてはる」

幸はうしろを向いて、指をさした。

「あっちの、奥の部屋で」

延子たち三人は、そう聞いた途端、さっと顔を青くした。

「『おじいちゃん』て——誰のこと言うてる？　幸ちゃんのお祖父ちゃんのことやろ？　交通事故で亡くなった——」

幸は首をふる。

「お父さんの、お祖父ちゃん。お写真で見た。着物着て、白いおひげ生やしてる……」

ひっ、と忠行が口を押さえる。多嘉子が震える声で「伯父さんや」とつぶやいた。

「あんた、伯父さんが亡くならはったときのこと、知ってるん？　あんたはまだ生まれてへんかったやろ。誰から聞いた？」

延子が早口で責めたてる。幸はまた首をふった。

「聞いてへん。でも、苦しんではるから——」

「もうええ！　そんな怖い話、もうええわ。いやな子やな、うちらと暮らしたないからって、そんな話こしらえて」

「ちょっと、姉さん」

多嘉子に袖を引かれ、延子は黙る。

「幸ちゃん。ほんなら、なおのこと、こんな家にひとりで住むんはよくないわ。すぐに決められへんのやったら、順番にちょっとずつ、うちらの家に来たらええんやから」

多嘉子はやさしげに語りかけるが、幸は首をふって唇《くちびる》を引き結ぶと、部屋を走り出ていった。

吉見が同情するように幸の出ていったほうを眺め、

「無理にここを出させるんは、かわいそうなんと違いますか。なんやったら、私が住みこみで――」

「あんたは黙っとき。家政婦が口を出すことやない」

幸に向ける声音《こわね》とは打って変わって、多嘉子が冷たい声でぴしゃりと言った。

「あの」

ぴりぴりとした空気のなか、鹿乃が口を開いた。こんな場でなにを言うつもりかと良鷹が思っていると、

「それやったら、しばらくうちでお預かりしましょうか」

と言いだした。

「は？」と延子たち三人がぽかんとする。

「なに言うてはるん。そんなわけにいかへんでしょう」

多嘉子があきれたように言った。「いくらあの子が懐いてるからって」

「でも……」

「鹿乃、行くで」

良鷹は鹿乃の肩を押し、ふすまのほうに向かわせる。

「出過ぎたことを言うて、すみません」

頭をさげると、延子が「あら」と口もとに手をあてる。

「ええんよ、べつに。やさしい妹さんやないの。多嘉子は言うことがちょっと神経質やさかい、気にせんといて」

多嘉子が延子をにらんだが、良鷹は気づかなかったふりで座敷を出た。慧や真帆もともに廊下を奥に進む。亘の部屋がどこだかわからなかったが、さがしていればそのうち見つかるだろう。

「おまえな、よその家の事情に首つっこむなや」

「だって……」

鹿乃は不服そうだ。

「俺らではどうしようもないことや」

「……」

「おい、鹿乃」

鹿乃は返事もせず、慧の手をとると、ずんずん勝手にさきへと歩いていった。良鷹は頭をかく。

「どうせえっちゅうねん……」

「家の事情が落ち着くまで預かる、っていうのは、悪い案じゃないと思いますけどね」

真帆が言う。

「そこまで面倒見切れへんわ」

「そんなこと言って、良鷹さんだって気にしてるくせに」

「気になんか――」

真帆は言うだけ言って、鹿乃たちを追いかけていった。鹿乃は左の奥のほうにある部屋のふすまを開けている。

「ここ、書斎みたいやな。亘さんの部屋やろか」

良鷹が追いついてなかをのぞくと、鹿乃がふり返った。広々とした座敷に、飴《あめ》色の古い帳場箪笥《だんす》や文机《ふづくえ》が置かれている。

「ここは津守さんのお祖父さまのお部屋ですよ」

良鷹たちを走って追いかけてきたらしい吉見が、すこし息を弾ませながら言った。

――苦しくて、胸を押さえてはる。あっちの、奥の部屋で。

鹿乃が部屋のなかを見まわした。

「津守さんのお祖父さん——利光さんは、ここで亡くならはったんですか？」

鹿乃が尋ねると、吉見は「そうみたいです」と答えた。

「そのころは私も勤める前なので、詳しく知ってるわけやないんですけど。なんでも、夜に心臓発作を起こさはったとか。もうお歳でしたから、何度かそんな発作があったみたいなんですけど、その夜は津守さんも薬でよう眠ってはって、お祖父さまの発作にも気がつかへんかったそうです。それで朝になって、冷たくなったお祖父さまを見つけはったとか……」

詳しくないと言いつつ、よく知っている。

「津守さんは、お祖父さまが苦しんではるのに助けてあげられへんかった、てずいぶん気に病んでたそうですけど、それから奥さんと結婚しはって、元気にならはったそうです。そのころはご自身のお体の具合もだいぶよかったそうで」

「そのお祖父さんの話、幸ちゃんにもされたんですか」

そう尋ねたのは、慧だ。吉見は、「めっそうもない」と大仰に否定した。

「ご病気とはいえ、ここで亡くならはったひとがいたことなんて、私からは勝手に言えませんから」

吉見は座敷を出て、「津守さんのお部屋はこちらです」と反対方向を手で示す。良鷹は彼女のあとをついていった。真帆もついてきたが、鹿乃と慧は座敷から出てこない。鹿乃が知りたいのは亘の祖父のほうだから、あちらのほうを調べるつもりなのだろう。

吉見は廊下を曲がり、ひとつの部屋のふすまを開ける。陽の光がよく入る、いい座敷だった。明治時代のものだろう、抽斗《ひきだし》机に、本箱、利休棚《りきゅうだな》などが据えてある。利休棚には染付の香炉《こうろ》が置かれているのみだったが、本箱の倹飩蓋《けんどんぶた》を開けてみると、数冊の絵本が入っていた。『おやゆび姫』『赤ずきん』といったよくあるものから、『えんどう豆の上に眠ったお姫さま』といったちょっとめずらしいものまである。幸に読み聞かせていたものだろうか。

――そうか。

どこかへ出かけたり、遊びにつれていったりということができないから、本を読み聞かせるのは亘と幸の大事なコミュニケーションの時間だったのだろう。そしておそらく、長い話を読み聞かせるのは体力的に難しかったから、絵本なのだ。絵本を読む年ごろでもなさそうだが――と幸が大事に抱えている絵本を見たときに思ったが、そういうことだったのだ。

「……」

抽斗机の上に、写真立てがいくつか置いてあった。着物姿の老人と、若い夫婦と、少年が写ったもの。これは利光と養子夫婦、亘だろう。利光は幸の言ったとおり、白ひげをたくわえていた。

ほかは、妻と思しき若い女性と亘。亘といまより小さいころの幸。最近の幸。そんな写真だった。最近の幸の写真は、アイスクリームを頬張り、ちょうどふり返ったところのものだった。

良鷹は抽斗を開ける。万年筆に、便箋と封筒。そんなものが入っているだけで、なにもない抽斗もある。

「亘くんの、住所録のたぐいはありませんか」

そこに利光の知り合いの名前でもあれば、と思ったのだが、吉見はないという。

「津守さんは、ほとんど外のひととの交流というものがありませんでしたから。お葬式も密葬でしたし……」

会葬者の芳名録《ほうめいろく》もないわけである。しかたない。実業家だった利光の交友関係を調べるのは、そう難しくないとも思う。良鷹の顧客をあたれば、案外、知人だったという者が出てくるかもしれない。そう思い、吉見に礼を述べて座敷を出る。吉見と別れ、鹿乃たちのいる利光の部屋へと向かった。

「亘さんは、どうして良鷹さんを指名したんでしょうね」

廊下を歩きながら、真帆がぽつりと言う。良鷹は無言で返した。

――亘と口をきいたのは、ただの一度きりだ。

中学生のころ。良鷹が事故で両親を亡くしたときだ。忌引《きび》きでしばらく休んで、登校すると、まわりは変に気遣って、かえって鬱陶しかった。声をかけられても、ほとんど無視した。やさしい声で、元気だしてな、などと言われると、腹の底にたまった泥がうごめくような、息苦しさを覚えた。

『野々宮くん』

亘に呼びかけられたのは、ひと気《け》のない手洗い場のそばだったと思う。陽の光が彼の髪や頬にはじかれ、きらめいていた。血の気のない白い顔と薄い体をしていて、向こう側が透けて見えるのではと思うくらい、どこか彼は実体という感じが希薄だった。

彼の名前がなんだったたか、良鷹が思い出そうとしているあいだに、彼は言った。

『身内が不幸な亡くなりかたをすると、いろんなひとが寄ってくるから――宗教とか、詐欺とか、気をつけたほうがええよ』

亘は、浮世離れした見かけによらず、ひどく現実的な助言をしてきた。同情するでもなく、気遣うでもなく、ただ穏やかで静かな声音が心地よかった。

彼の名前が津守亘で、彼の両親もまた、事故ですでに——良鷹よりずっと昔に、亡くしていることを、そのとき思い出した。

『それはどうも……おおきに』

いくらか亘の雰囲気にのまれて、良鷹はそう言った。亘の瞳は、ひどく澄んで、透明だった。これほど静かな瞳を、良鷹はそれまで見たことがなかった。

亘は、かすかに笑った。透明な瞳の上で光がはじける。

ただそれだけだ。彼と言葉を交わしたのは、そのただ一度きりだった。だが、良鷹は彼の瞳のなかに自分とおなじかなしみを見たし、亘もまた、そうだったのだろう。

だから、彼は良鷹を指名したのだ。おなじ傷を抱えた者だから。そう思う。

——だが、これ以上、どうしろというのだ。

彼の思惑が、つかみきれない。

良鷹は足をとめる。どこからか、話し声が聞こえる。延子たちの声だ。良鷹はそちらに足を向けた。「え、ちょっと良鷹さん——」真帆が引きとめるが、足をとめなかった。ふすまを開けて座敷を突っ切ると、奥のふすまをさらに開ける。延子たちがいた。真理子はいない。幸が座敷の隅に立っていて、絵本を抱えている。そのまわりを延子たちが取り囲んでいた。座敷を逃げだした幸を、さがしていたのだろうか。

「あんまり駄々《だだ》こねんと、な？　おばさんたちのうちにおいで」

「そやで。いつまでもそんな小さい子が読むような絵本、持っとらんと」

延子が手を伸ばし、絵本をとりあげようとした。幸は彼女に背を向け、ぎゅっと絵本を胸に抱きしめる。忠行が業《ごう》を煮やしたようにポシェットの紐をつかんだ。

「あっ」

忠行は強引にポシェットを奪いとり、かかげる。

「返して！」

幸は手を伸ばすが、届かない。

「幸ちゃんが強情にここにひとりで残るて言うんやったら、返さへんで。返してほしかったら、おじさんたちと――」

良鷹は忠行のうしろからその腕をつかんだ。驚く忠行の腕をねじりあげると、「いてて！」と彼は悲鳴をあげる。良鷹はその手からポシェットをとりあげ、幸に返した。幸はポシェットを胸に抱きしめ、うずくまる。

「なにすんねん！」と忠行は怒鳴ったが、良鷹が一瞥《いちべつ》すると、気圧《けお》されたように口を閉じた。

「子供が大事にしてるもんを、とりあげるのはやめたってください」

延子や多嘉子の顔も順番に見ると、どちらも気まずそうに目をそらした。

「皆さん、こちらにいはったんですね」

真理子が、良鷹が開けたのとは反対側のふすまを開けて顔を出す。

「今日は結論が出そうにありませんから、日を改めましょう。幸ちゃんも、すぐには決められへんことですよ」

三人は顔を見合わせ、息を吐く。「しゃあないな」と延子が言ったのを機に、三人は帰ることにしたようだった。

「また明日来るわ。日曜やし。月曜になったら、幸ちゃんも学校やしな」

真理子が三人を引き連れ、座敷をあとにする。幸はうずくまったままだった。

「……もうみんな行ったで」

幸はそろそろと周囲をうかがう。立ちあがり、良鷹を見あげた。

「……ありがとう……」

ぺこりと頭をさげる。警戒してこわばっていた顔が、すこしゆるんでいた。良鷹はきびすを返し、部屋を出ていこうとする。が、その背広の裾《すそ》を、幸がつかんだ。

「なんや?」

良鷹の腰辺りまでしかない幸を見おろす。良鷹を見あげる幸の瞳は、記憶に残る亘の静かな瞳とおなじだった。

「なにもないな」

帳場簞笥の抽斗を調べていた慧が言った。正確には、硯《すずり》や水滴《すいてき》といった文具はいくらか残っているのだが、利光の交友関係や過去をうかがわせるものは見あたらない。

「こっちもや」と鹿乃は衣装簞笥の抽斗をしまった。利光のものだったらしい着物が数枚入っているが、空の抽斗が目立つ。利光は発作をたびたび起こしていたというから、骨董とおなじく身辺の整理をすませていたのだろう。

「年賀状や手紙のたぐいが残っていたら、交友関係くらいわかりそうなんだがな」

うん、と鹿乃も答えて、部屋のなかを見まわす。広々とした座敷は、主《あるじ》を失って久しいせいか、ものさびしく映った。しかし吉見がちゃんとこの部屋も掃除してくれているようで、埃《ほこり》が積もっているということはない。

――あの着物は、ていさんのものなのだろうか。

利光が家を追いだされるにまで至るほど、恋しく慕った相手。

「後妻だから、『藤壺』なんだろうか」

慧のつぶやきに、鹿乃は「え?」とふり向く。

「利光さんは『光源氏』と呼ばれていた。そして藤壺は光源氏にとって、いわば、父親の後妻だろ」

それになぞらえて誂《あつら》えたのだろうか、と。

「ていさんが？　それやったら、ていさんのほうも利光さんが好きやったんやろか」

藤壺は光源氏と密通している。利光が勘当されたのも、そういう理由で？

「ていさんは、若いうちに亡くなった、て言うてはったな」

「そうだな。病気なのか事故なのか……もうちょっと詳しい話が聞けるといいんだが」

延子はともかく、多嘉子がいやがりそうだ。

鹿乃は衣装箪笥をぼんやり眺め、考えこむ。あれがていの着物だったとして、利光はそれをずっと持っていた。晩年、自らの持ち物は極力処分していた彼がとっておいた着物なのだから、大事なものだったというのは想像に難くない。しかし、その死後、藤の色が失われてしまったのは、なぜなのだろう。

鹿乃はこめかみの辺りを撫でさすった。なんだろう。なにか、忘れている気がする。見落としていないだろうか——？

「ああ、ここにいはったわ」

入り口で声がして、鹿乃の思考は雲のようにちぎれて消える。そちらを向けば、多嘉子が立っていた。

「うちら、もう帰るとこなんやけど、これ」

多嘉子は二つ折りにしたメモ用紙をさしだす。近くにいた慧が受けとった。鹿乃は慧のそばによって、メモ用紙をのぞきこむ。

「それな、ていさんの女中やってはったひとの名前と住所。伯父さんの知人関係は知らへんけど、そのひとはいまでも律儀に本家に年賀状を送ってきはるさかい、知ってるんやわ」

鹿乃は驚いて多嘉子の顔を見た。まさか、そんな相手を教えてくれるとは思わなかったのだ。身内の事情を知られるのは、いやがっているふうだったのに。

「連絡は入れといてあげるさかい、訊きたい話があるんやったら、行ってきはったら？　なんでそんなに伯父のことを気にしはるんか、知らんけど」

多嘉子は愛想のいい顔で笑った。

「ありがとうございます」

鹿乃は礼を言ったが、慧は無言で多嘉子の顔を眺めていた。多嘉子は慧の視線に気づいてちょっと眉をよせると、「ほな、私はこれで」と去っていった。

「なんだろうな、あれは」

「え？」

「さっきまで、べらべらしゃべる姉をあんなにとがめてたのに」

「なんでかわからへんけど、利光さんやていさんのことを知ってはるひとに会えるんは、助かるわ」

まあそうだな、と慧もこれには同意する。

「あのひとたち、もう帰るって言ってたな。話し合いは決裂したか」

「一日で決められることやないやろし……」

鹿乃は幸の姿を思い浮かべる。あの子はこのさき、どうなるのだろう。

「幸ちゃんていったか。やけに鹿乃に懐いてたな」

「……たぶん、自分と似たようなもんを感じたんと違うやろか」

理屈ではなかった。あの子の瞳を見たとき、鹿乃は自分と共通するものを感じとった。あの子は、周囲から浮いている子だろう、学校でも、友人のあいだでも――。

幸はあの親族に引き取られて、はたして幸せに暮らせるのだろうか。

「鹿乃、帰るで」

良鷹が顔をのぞかせる。真帆も一緒だ。

「もう?」

「もうて、俺はもう仕事すんだし」

と、抱えた風呂敷包みを見せる。

「なにかわかったんか？」

「ううん――でも、多嘉子さんがこれくれはった」

鹿乃は、多嘉子がていの女中を教えてくれたことを話す。良鷹はけげんそうに、「多嘉子さんが？」と言った。

「あとでこのひとに連絡して、訪ねてみるわ」

「ふうん」と良鷹は考えるようにつぶやく。が、なにも言わなかった。

「ほな、帰るか。真理子さんが今日はここに泊まっていくらしい」

今後のことや財産について、話しておかなくてはならないことがあるらしい。相手が十歳といえど、きちんと話しておきたいのだという。鹿乃はすこしほっとする。真理子がしっかりしてくれているから、幸もこのさき、そう困ったことにはならないかもしれない。

「お母さんはなんの手立てもなくあの子を放りだしたりしないと思うから、そこは安心していいと思うよ」

と、真帆も言う。うん、とうなずいて鹿乃はメモを帯のあいだにしまうと、座敷を出た。延子たちはひと足さきに帰ったようで、空の湯呑《ゆのみ》を運ぶ吉見と廊下で出くわし、「あら、お帰りですか」と声をかけられた。その向こうで、ふすまのあいだから幸がこちらをうかがっているのに気づいて、鹿乃は「幸ちゃん――」と呼ぼうとしたが、その前にふすまが閉じられてしまった。

「帰らはるんがさびしくて、すねてはるんですよ」と吉見は笑う。鹿乃はうしろ髪ひかれる思いで、津守家をあとにした。


その日は、慧をまじえてひさしぶりに三人で夕食をとった。良鷹は鹿乃と慧に料理をまかせて、書斎に引っ込んでいた。食事ができたと呼ばれて食堂に行けば、テーブルの上にはいつもよりたくさんの皿が並んでいる。どうやら、鹿乃がはりきって作ったらしい。にんじんとごぼうの肉巻きに、スナップえんどうのサラダに、海老《えび》の茶碗蒸し、あさりの炊《た》き込みご飯に、蕪《かぶ》の味噌汁《みそしる》。

「今日も良鷹に邪魔されて、鹿乃の手料理を食べ損ねるかと警戒してたんだが、そんなこともなかったな」

満足そうに味噌汁の蕪を食べる慧をちらりと見て、良鷹はスナップえんどうを口に運ぶ。

「数すくない機会を邪魔するんもかわいそうかと思てな。俺はいつも鹿乃の手料理を食べてるわけやし」

「へえ」

いやな顔をするかと思ったが、慧は意外そうに良鷹を見ただけだった。肉巻きを食べて、「これおいしいな」などと言っては、鹿乃を喜ばせている。

鹿乃と慧がつきあいはじめて乱れていた気持ちは、桜吹雪《ふぶき》とともに落ち着きつつあった。あの桜が良鷹をいくらか、冷静にしたのだ。そして思い出した。役割というものを。良鷹は慧とは違う。慧のように鹿乃の気持ちをさらってゆくことはできないが、鹿乃が全幅の信頼を置いて、心を預けることができるのは、やはり良鷹なのである。良鷹はどこまで行っても、鹿乃の兄だった。そして鹿乃は、なにがあろうと良鷹の妹なのだ。

わかりきっていたそのことを、思い出しただけだ。

「ていさんの女中さんな、一ノ瀬《いちのせ》ふくさんていわはるんやけど、明日にでもおいで、て言うてくれはったから、行ってくるわ」

茶碗蒸しにふうふう息を吹きかけて冷ましながら、鹿乃が言う。日曜でもあるから、慧も一緒に行くそうだ。おそらくもとはデートの予定だったのであろう。少々気の毒になったが、慧は別段不満そうでもなく、一緒にいられればそれでいいといった様子だったので、同情した気持ちをくしゃくしゃに丸めて投げ捨てたくなった。

食事を終えると、慧は帰ってゆき、良鷹は書斎に籠《こも》った。父の研究の整理を続けているのである。しばらくすると、鹿乃がやってきた。

「進んでる？」

「ぼちぼちな」

鹿乃は机に向かう良鷹の手もとをのぞきこむ。ノートに雑多に書きこまれた研究内容を、項目別に清書しているところだった。

「ぐちゃぐちゃに書いてあったのが、こうなると見やすいなあ」

すでに清書し終えているノートをぱらぱらとめくり、鹿乃が感心する。

「お兄ちゃん、案外こういう地道で細かい作業、得意やったんやな」

「べつに、整理したのを書き写せばええだけやし、やっただけ成果が見えるしな」

そう言ったものの、自分でも意外だった。細かいことは面倒で、嫌いだったはずなのだが。

「途中になってる研究もあるんやろ？」

「そら、あるわ。口丹波《くちたんば》のとかもそうやし」

父と母は、口丹波に向かう途中、事故に遭ったのである。

「続き、完成させられたらええなあ……」

「できるんちゃうか。材料は揃《そろ》てるんやし」

鹿乃はノートから目をあげ、ちらりと良鷹をうかがった。

「お兄ちゃんも一緒にしてくれたら、うれしいなあ、て思うんやけど」

良鷹は目をそらす。

「なんでやねん。ひとりでできるやろ」

「でも、こうやって整理してくれてるてことは、もう一緒にやってるようなもんやん」

「……」

そうなのだ。良鷹はすでに片足を突っ込んでいる。片足どころか、両足かもしれない。だが、鹿乃のためだと理由をつけて、それを正視できずにいるのだ。父母のことは、良鷹の胸の奥深くにしまいこまれている。時間はそこでとまっていて、傷は生々しく、良鷹は断ち切られた父の生のさきに、足を踏み出すことができない。過去の研究を整理することはできる。だが、そのさきは——。

亘の瞳を思い出した。彼はいつ、この感情を乗り越えたのだろう。すくなくとも良鷹に声をかけてきたときの彼の瞳にはまだ、良鷹とおなじ、時をとめたかなしみがあった。だが、あのときの亘は、おなじ境遇の者への憐憫《れんびん》を見せるでもなく、傷を舐《な》め合うでもなく、ただ静かだった。静けさをたたえたあの瞳は、良鷹とおなじかなしみを抱きつつも、良鷹とおなじではなかった。彼がどんな想いを抱え、なにを考えていたのか、もっと話す機会があればわかっただろうか。

鹿乃がノートを閉じて、机に戻す。

「お兄ちゃんがどういう理由でも、こうやってくれてるんはうれしい」

その言葉どおり、鹿乃はうれしそうな笑みを浮かべていた。

「お兄ちゃんはこれまで、わたしのことばっか考えてくれてて、こういうことにも手が回らへんかったやろ」

「おまえのことばっか考えてたわけやない。そんなん、ただの危ないやつやで」

良鷹は話を切りあげようとして、ノートに並ぶ父の癖字を見つめた。

「……父さんの研究をほったらかしにしてたんは、おまえのせいやない。ただ俺が、向き合えへんかっただけや」

こんなことを、鹿乃に話したことはない。鹿乃はあいづちも打たずに、黙って良鷹の言葉を聞いていた。

「ずっと目をそらしてきたからや――父さんと母さんの死に」

両親の死後、良鷹が平静を保っていられたのは、鹿乃や祖父母がいたからでもあるが、受け入れていなかったからだ。ただ時間をとめて、胸の奥底にしまいこんだだけだった。

「お兄ちゃん」

鹿乃が手を伸ばしたかと思うと、良鷹の肩を引き寄せる。良鷹は横から鹿乃の胸に抱きしめられていた。ぬくもりに包まれる。久しく感じていなかった感覚だった。

「……ふつう、こういうんは逆とちゃうか？」

「わたしも大きなったから、こういうこともできるんや」

良鷹はすこし笑った。

「慧に言うたろ。悔しがるで」

「あ、慧ちゃんには前にしたことある」

「は？」

あの野郎、と思わず毒を吐くような声が出ると、鹿乃がおかしそうに笑った。


一ノ瀬ふくが住んでいるのは西九条《にしくじょう》のほうで、東寺《とうじ》の近くだった。弘法市《こうぼういち》でときおり訪れる東寺の五重塔を車窓の向こうに眺めながら、鹿乃を乗せた車は九条通を西に向かった。途中で左折し、南下する。住宅街の細い路地を進み、ふくの家に着いた。屋根も壁も照り輝いている、まだ新しい家だった。駐車スペースの石畳《いしだたみ》と芝生《しばふ》がしゃれている。花壇にラベンダーが植えられていた。

インターホンを押すと、応答よりもさきに玄関の扉が開いて、小学生くらいの男の子と女の子が顔をのぞかせた。ふたりは鹿乃と慧を不思議そうに見つめたあと、男の子のほうがうしろを振り返って声を張りあげる。

「おばあちゃーん、お客さん！」

女の子のほうは、着物姿の鹿乃を興味津々《しんしん》の目で眺めている。鹿乃は今日、若草色の地に、かわいらしい白いちょうちょを飛ばした着物に、チューリップ柄の染め帯を合わせていた。こちらを見あげる女の子の様子に、鹿乃は幸のことを思い出していた。

「はいはい、ふたりともありがとう」

家の奥から、壁にとりつけられた手すりをつかみながら、ゆっくりと老婦人が歩いてくる。すこしばかり腰は曲がっているが、頰はつやつやとして表情も明るい、元気そうなひとだった。娘時代は活発なひとだったのではないかと思わせる。

子供たちは入れ替わりに家の奥へと駆けてゆく。足音がばたばたと響いた。

「うるさくしてすみません。曽孫なんです」

目を細めて子供たちのうしろ姿を見ていた老婦人は、「一ノ瀬ふくです」と名乗った。

「本家のひとから何十年かぶりに電話をもろて、びっくりしました。それも、利光さまのことで、て。──まあ、どうぞ、おあがりください。さっきみたいに子供がうるさくしてる家ですけど」

リビングに通されると、二階を走り回る子供の足音と、母親の叱る声が聞こえてきた。

活気のある家だ。津守家の、ひっそりとしてはいるが、腹に一物抱えていそうな親族が集《つど》う、どこかよどんだ雰囲気とは正反対だった。

ふくの息子の嫁だという、六十代くらいの婦人がお茶を運んでくる。桜餅《もち》が添えてあって、鹿乃は喜んで黒文字《くろもじ》を手にとった。薄紅に色づいたその餅を口に入れると、桜の葉の塩気が甘いあんことほどよく合う。ふくも桜餅が好きなようで、うれしそうに食べていた。

「ていさまもお好きやったんですよ、桜餅。これを食べてると、わたしよりも子供に見えました。実際はわたしのほうが年下やったんですけど。利光さまが買《こ》うてきてくれはったときなんかは、ほんまにうれしそうにしはって」

早くも利光の名が出てきたので、鹿乃は食べる手をとめた。

「利光さんとていさんは、仲がよかったんですか？」

婉曲《えんきょく》に尋ねると、ふくも「ええ、まあ」とあいまいに答えた。顔がすこしこわばる。話しにくいことのようだ。嫡男《ちゃくなん》が後妻に懸想《けそう》して、勘当されたとなると、当然かもしれない。

「利光さまのことをお訊きになりたいんでしたね。わたしはていさま付きの女中でしたさかい、知らへんこともあると思いますけど、それでもええんでしたら」

どう話をしていけばいいだろう、と鹿乃は考えて、ふくには包み隠さず順番通りに話していったほうがいいだろう、と判断した。慧は口を挟まず、ただ鹿乃を見守っている。

「実はわたしの兄が、利光さんのお孫さんの亘さんと同級生で、それで——あの、亘さんが亡くならはったことは、ご存じですか？」

えっ、とふくはひと声あげたきり、しばし絶句した。

「……そうやったんですか。病気がちのお孫さんとは聞いてましたけど……。いややわ、本家のひと、そんなことはひとことも言うてはらへんかった」

ふくは顔をしかめる。

「亘さんのこと自体は、ご存じやったんですね」

「ええ。利光さまから、ときどき思い出したように手紙をいただくことがあったんです。ていさまを偲《しの》んでのことがほとんどでしたけど。こんなふうに、ていさまのお好きやった桜餅の出回る時季になったりすると……」

「利光さんは、ずっとていさんのことを慕ってはったんですね」

孫ができたあとになっても、そんなふうにていのことを偲んでいたとすると。

「それは、もう……」

ふくは桜餅を見つめ、それから鹿乃を見た。迷うように視線が揺れている。

「それで、亘さんなんですが」と鹿乃は話を戻す。

「古美術商の兄に骨董の買い取りを頼んで、それからうちに着物を送ってきはったんです。

藤の花柄の着物です。利光さんが持ってはった着物なんやそうですけど、その着物については、なにかご存じありませんやろか」

「藤の着物……？」

ふくの瞳が動いた。知っているのだ。

「一度だけ、聞いた覚えが……電話やったやろか。昔のことやさかい、細かいことは覚えてなくて。ただ、ていさまのために誂えたんやと、そう言うてはったのは覚えてます」

「ていさんのために――」

利光自身が誂えたものだったのか。

「まだ若かったころ、ていさまが亡くならはったあとのことやと思います。ていさまは風邪をひかはって、そしたら運悪く肺炎になってしもて。びっくりするくらい、あっというまに亡くなってしまわれたんです。ほんまに、あんなにあっけないことがあってええんかと思ったくらい」

ふくは当時を思い出してか、声を震わせた。うっすらと涙がにじんでいる。

「ごめんなさい、最近はすぐ涙が出てきてしもて……」と言い、ふくはティッシュをとると目にあてた。

「それは、利光さんが勘当されてしもたあとのことですか？」

「そうです」と鼻声でふくは答えた。

「それで、ていさんのためにあの着物を誂えた……」

「ええ、そう」洟をかんで、ふくは何度もうなずいた。

「利光さまは、ていさまをそれはもう大事に想《おも》ってはったんやから。ほんまは、勘当されたときに、ていさまをつれて家を出ようとなさったくらいです。でも、それでは利光さまが世間から非難されるからと、ていさまは家に残らはったんです」

ふくは涙とともに思い出が一気によみがえってきたのか、もはや躊躇《ちゅうちょ》もなく話しだした。

「だんなさまも、おふたりのことを許してくれはったらよかったのに。自分の子供よりも若い娘さんを後妻になんかして……それに、だんなさまは知らんかったこととはいえ、もともとおふたりは慕い合う仲やったんですから」

「え?」鹿乃は目をみはる。「もともと慕い合う仲?」

「そうです。ていさまは本家の近所で彫金師《ちょうきんし》をしてはった家の娘さんで、大学に行かはる利光さまと、毎朝、家の前で顔を合わせてはったそうです。ただそれだけやったそうですけど、おたがい顔を見るために、利光さまは毎朝おなじ時刻に家を出て、ていさまはその時刻に家の前の掃き掃除をしてはったとか。ようやくあいさつが交わせたときには、ていさま、舞いあがるような気持ちやったと……」

ところが、それからまもなく、津守家に後妻に入ることになってしまう。

「だんなさまがていさまを見かけて気に入らはったそうです。ていさまのお家はお世辞にも裕福といえる家ではなくて、津守家からの相当額の結納金は天の助けやったそうで……ていさまは拒絶することもできずに、後妻に入ったんです。縁組を知ったときの利光さまの衝撃がどれほどだったかは、察するに余りあります。わたしはもともと津守家にやとわれていた女中やったんですけど、ていさまが来られてから、ていさま付きの女中になりました。ていさまはそれはお美しくて、でもかわいらしい愛嬌《あいきょう》もおありになるおかたで、わたしは年下でしたし、きれいなお姉さまができたようで、いっぺんに好きになりました」

とはいえ年かさのしっかりとした女中ではなく、ふくのようなまだ小娘といえる歳の女中が奥さま付きになったのには、理由があった。

「女中が皆、いやがったからです。金で買われたも同然の小娘の世話なんかしたないと。もちろん、表立ってそんなことは言いません。そやけど、嫁入りなさってからも、ていさまは舐められたままでした。ていさまはおやさしかったぶん、だんなさまにも、利光さまにも言いつけはしませんでしたけど、わたしはそんなていさまがおかわいそうで。でも、利光さまはわかってはりました。そやから、よけいにていさまを不憫《ふびん》がって、いとおしくお思いになったようで――」

いっそう、ふたりの想いは深まっていったのだ。

「そやけど、ひとつ屋根の下ですさかい、そういつまでも隠し通せるもんでもありません。じきにだんなさまの知るところとなって、利光さまは勘当されました。だんなさまは、家を出ていかへんのなら、ていさまを姦通罪《かんつう》で警察に突き出すとまで言わはって。そう言われたら、利光さまはていさまのために出て行かざるを得ません。ていさまを残して去るのは、断腸《だんちょう》の思いやったことでしょう。だんなさまはだんなさまで、ていさまを愛してはったんやと思いますけど、結局、ていさまのためにはなりませんでした。家でのていさまの立場はますますおつらいものになって、使用人からそっぽ向かれて、いやがらせさえ受けるようになりました。頼んだ用事をわざと間違えられたり、失敗をていさまのせいにされたり、閉じこめられたり……ていさまが肺炎にかからはったのは、そうした心労と無関係ではなかったと思います」

そして、ていは若くして亡くなってしまった。彼女を守るために家を出たのに、死なせることになってしまった利光の胸中は、いかばかりだっただろう。

「それからすぐやったか、何年後やったか、利光さまは着物を作られたんです。ていさまのための、藤の着物です。利光さまは、たしか――『この着物は、喪の服なんや』とおっしゃっていました。ていさまを悼《いた》むための、喪服なのだと」

「喪服……？」

藤が美しく描かれたあの着物が？

「藤衣《ふじごろも》だよ」

それまで鹿乃にまかせて一切口を挟まなかった慧が、ぽつりと言った。

「藤衣って？」

「昔の喪服のことだ。和歌にも詠《よ》まれたりする。昔は喪服も黒くなかったのは知ってるだろう？」

問われて、鹿乃はうなずく。昔は白だったはずだ。

「古い時代には、なんにも染めてない、粗末な麻の衣を喪服にした。これが藤衣。利光さんは、藤の花を藤衣になぞらえて、そう言ったんじゃないか」

あの着物は、喪のための服――。

では、『藤壺』というのは。自身のあだ名が『光源氏』だったから、というだけなのだろうか。

「利光さまは家を出てから実業家として頭角を現されて、かたや本家は時代の波に乗れずに商運が傾くいっぽう。わたしはていさまが亡くなられてからも、嫁《とつ》ぐまで本家に勤めておりましたが、それは本家が没落してゆくさまをこの目で見たい一心からでした。年賀状を欠かさず送っているのも、ていさまのことを忘れられたくないからです。ただ忘れられてゆくだけでは、ていさまがおかわいそうで……」

ふくの心にも、ていは傷を残しているのだ。利光はあの藤の着物を眺めて、ていになにを語りかけていたのだろう。

「ていさまと利光さまのこと、また思い出したことがあったら、お話しします」

ふたりのことを吐きだして幾分すっきりしたのか、ふくは最初に見たような明るい表情で別れを告げた。鹿乃は慧の車に乗り、下鴨の家に帰る。ちょうど昼前だったので、家にいた良鷹とともに昼食をとる。昼食は良鷹が作ってくれていた。ハンバーグ・サンドイッチだ。ハンバーグは肉汁たっぷりで、一緒に挟まれたレタスは瑞々《みずみず》しい。ケチャップとソースを混ぜたたれがパン生地にすこし染みていて、それもまたおいしかった。

「これ食べたら、津守の家に行ってくる」

サンドイッチを頬張りながら、良鷹は言った。

「骨董の用事？」

「そんなとこや」

あいまいな言いかたをする。なんだろう。

「それやったら、わたしも一緒に行く」

幸がどうしているか、気になるのだ。それにもう一度、利光の部屋を見てみたい。見落としていることがないか、どうか。

「昨日焼いたクッキー持ってこ」

幸のために焼いた、チョコチップクッキーだ。良鷹が行かなくても、鹿乃は津守家に幸を訪ねるつもりだった。

食事を終えた鹿乃は、クッキーをかわいい花柄の紙袋に入れ、リボンを結ぶ。喜んでくれるといいのだが。

良鷹や慧とともに車で津守家に向かうと、出迎えてくれたのは昨日とおなじく吉見だった。昨日ここに泊まっていった真理子も玄関までやってくる。親族の面々はまだ来ていないが、そのうちやってくるだろう、という。

「幸ちゃんは自分の部屋にいると思う」とのことなので、吉見に案内してもらう。良鷹は真理子となにやらぼそぼそと話していた。

幸の部屋は、ふすまを隔《へだ》てて亘の部屋の隣だった。家が趣《おもむき》ある日本家屋だからか、幸の部屋になっている座敷もおよそ子供部屋らしくなく、菊の花を彫った欄間《らんま》や、菊をかたどったふすまの引手など、凝っているが、渋い。ふすまも菊の地模様と菊尽くしなので、重陽《ちょうよう》の節句をテーマにした作りなのかもしれない。瀟洒《しょうしゃ》な花型のランプが天井から吊りさがり、絨毯《じゅうたん》を敷いた上に猫脚《ねこあし》の小さなテーブルと椅子《いす》が置かれている。その椅子に幸が腰かけ、絵本を広げていた。

幸は鹿乃と慧を見ると、絵本を閉じて胸に抱え、近づいてくる。今日はグレーのワンピースを着ていた。

「こんにちは」と鹿乃があいさつすると、幸も小さく「こんにちは」と言って頭をさげる。

「幸ちゃん、クッキー焼いてきたんやけど、食べる？」

クッキーの入った紙袋をさしだすと、幸の顔がうれしそうにぱっと輝いたので、鹿乃はほっとする。

「よかったなあ、幸ちゃん。ほな、お茶でも淹れてきますね」と吉見が笑う。鹿乃が礼を言ったとき、インターホンが鳴った。吉見はちょっと顔をしかめる。「延子さんたちやろか」とほとんどぼやくように言って、吉見は走っていった。

「こっち」

と、幸は鹿乃の袖をちょっとつまんで、縁側に出る。縁側は日当たりがよく、手入れの行き届いた庭が正面に見える。幸はすこし歩いて、亘の部屋の前辺りに座りこむ。青々とした楓《かえで》の木が目の前にあった。そよぐ風に木洩れ日《こもびを》が揺れて、輝いている。鹿乃も幸の隣に、慧は鹿乃の隣にそれぞれ腰をおろした。幸は絵本を置いて、紙袋のリボンをほどく。

臥《ふ》せっている父親の部屋の前で遊ぶのが、この子の習慣だったのだろうか、と鹿乃は思った。

静かな空気を乱す、不揃いな足音が響いてくる。「ああ、ここや、ここや」などという声とともに、延子たちがやってきた。延子に忠行に多嘉子、三人そろっている。そのうしろで吉見が苦々しい顔をしていた。

延子は鹿乃と慧をあからさまにじろじろと眺めて、「今日はなんの御用？　骨董は昨日ぜんぶ買い取っていかはったんと違うの？」と訊いてきた。

「はい、でも――」

「紹介した女中のほうは、どうしたん。会いに行かはったんやないの？」

そう言ったのは多嘉子だ。その顔を見て、なるほど、ここに来させないためにふくを紹介してくれたのか、と鹿乃は理解した。

「午前中にお会いしてきました」と答えたのは慧だ。「紹介してくださって、ありがとうございました」

礼を述べると、多嘉子は苛立《いらだ》ちを抑えるように早口で「それはどうも」と言い、唇を引き結んだ。

「おっ、幸ちゃん。ええにおいがすると思たら、クッキーやないか。もろたんか？」

忠行が幸のかたわらにしゃがみこむ。幸がクッキーの袋を閉じると、忠行は笑った。

「べつにとらへんで。よかったなあ、おいしそうなもんもろて」

延子たちの向こうから、真理子と良鷹もやってくる。

「皆さん、ちょっといいですか」

真理子が声をかけると、言葉をかぶせるように延子が、「ええ、今日こそ決めてしまいましょう。いつまでも決まらんようでは困るさかい」と言った。

「そのことなんですけど」

真理子は咳払《せきばら》いをして、隣にいる良鷹をちらりと見る。延子たち三人の目もそちらに向けられた。

「幸ちゃんがどちらに引き取られるのがいいか、早々には決まりそうもありませんし、かといって幸ちゃんをここにひとりで残しておくのも心配ですし、それなら決まるまで、こちらの野々宮さんのお宅に幸ちゃんを預かっていただくことにしました」

延子たちは、すぐには真理子の言っていることがのみこめなかったようで、ぽかんとした。鹿乃も初耳で——昨日、最初に幸を預かろうかと言ったのは鹿乃だったが——驚いて良鷹を見る。良鷹のポーカーフェイスからは、意図が読みとれなかった。

すこしの間《ま》を置いて、「なに言うてんの」と延子があきれたように言った。

「決まらへんから、よそのお宅に預かってもらうて、そんな話がありますか。それやったら、うちらの家で順番に預かったらええやないの。ほんで、幸ちゃんが気に入った家で引き取ることにしたらええわ」

「小学校の校区の問題があります。皆さんの家はそれぞれ校区が異なってますから、順番に預かっていただくたび、幸ちゃんは転校せなあきません」

「それ言うたら、野々宮さんとこかてそうでしょう。家はどちらです？」

多嘉子に問われて、良鷹が「下鴨です」と答える。

「下鴨の野々宮さんて――」忠行が口を挟んだ。「えっ、あのでかい洋館の？　元華族《かぞく》の野々宮さん？」

「そうです」と端的に返事をすると、延子たちは驚いた様子でしばし言葉を失った。

「校区は移りますけど、隣ですし、遠く離れずにすみます。お三方の家を移り歩くよりは転校もすくなくてすみますし、なにより幸ちゃんがそう希望してますので」

真理子の言葉に、延子たちは幸をふり返った。幸は彼女たちの反応にかまわずクッキーの袋を見つめている。

延子たちは沈黙し、おたがいの顔をさぐりあうように見ている。「後見人て、親族以外でもなれるんやろ」「あの子がそのままあちらの家に住みたいて言うたら……」ぼそぼそと相談する声が聞こえる。欲得絡みの相談なのが表情だけでわかるのだが、幸にはわからないと思っているのだろうか。いくら子供でも、もう十歳の子だ。それくらい理解するだろう。そして、表に出る反応が薄いように見えても、傷ついているはずだ。鹿乃は幸の肩に手を置く。幸は顔をあげて鹿乃を見ると、体をずらして鹿乃のほうに身をよせた。

「他人の家に移るくらいやったら、この家に住んで、吉見さんに住みこんでもろたほうがええんとちゃうか」

忠行が提案する。

「吉見さんになあ……」吉見とそりが合わない延子は、思案気につぶやく。

「私でしたらかまいませんけど」と吉見は言う。多嘉子は難しい顔をして黙っている。

「幸ちゃんには、昨夜のうちにそうした選択も含めて希望を訊きました。その結果、野々宮さんのお宅に行くと決めたんです」

真理子がきっぱりとした口調で言った。

「わたしは亘さんに死後の処理を一任されてますし、幸ちゃんの希望が第一です。それが亘さんの遺言でもあります」

延子たちは不服そうな顔を隠さなかったが、どうしようもない。彼女たちになんら権利があるわけではないのである。

「それでは」

立ち去ろうとする真理子に、「ちょっと、待ってください」と延子たちは口々に文句を言い、あとを追いかけていった。吉見はそちらと鹿乃たちを迷うように見比べて、延子たちのあとについてゆく。騒々しさが消えて、ようやく息ができる心地になった。息をつくと、隣で幸もおなじように息をついたので、顔を合わせてちょっと笑った。すこしだけではあるが、幸の笑顔を見たのはこれがはじめてだった。かわいらしい。

良鷹が近づいてきて、幸の隣に腰をおろした。いつのまにさっきのようなことを決めていたのか――と訊きたかったが、幸のそばであれこれ話すことでもないと思い、口を閉じていた。おそらく今日ここに来る用事というのは、このことだったのだろう。昨夜、幸に希望を確認したということは、昨日のうちに話は決まっていたことになる。

どうせなら、うちで引き取ることになってもいいのに――と鹿乃は思う。あの三人の誰に引き取られても不安だったし、なにより幸がそんなことは望んでいないように思えた。かといって、幸が野々宮の家に引き取られることを望むかどうかは、べつだが――。

「その絵本は、お父さんに買ってもらったのかな」

慧が幸に尋ねる。幸は慧を見あげて、ちょっと首をかしげた。

「お父さんが真理子さんに頼まはって、真理子さんが、持ってきてくれはった」

つまり、亘が臥せってもう外出ができなくなったころのことなのだろう。

「この本、途中までしか読んでもろてない」

幸はつぶやくように言って、絵本を膝にのせた。絵本を見つめる瞳は、さびしさとあきらめを内包していて、凪《な》いだ水面《みなも》のように静かな、かなしみに満ちていた。

読み聞かせを途中までしかしてもらわないまま、亘は亡くなってしまったのだ。だから、幸はこの絵本を終始、大事に持ち歩いているのか。幸の胸中や、亘の心残りを思うと、鹿乃は息がつまった。

「どこまで読んでもろたん」

隣であぐらをかいた良鷹が訊いた。幸は一度良鷹を見あげ、それから絵本のページをめくる。「ここ」と開いた箇所は、灰色の雛鳥《ひなどり》が、ほかのあひるの雛たちにいじめられているところだった。まだ最初のほうだ。

「読んだろか、続き」

幸は顔をあげ、良鷹をじっと見つめた。この子は、発言者の顔をじっと見て、真意を奥深くまでのぞきこもうとしているように思える。とりつくろった外面も、心地のよい嘘《うそ》も、見透かしてしまいそうな瞳だった。

「うん」

と、幸はうなずいた。絵本を良鷹の前に置き、読んでもらうのを待つ。鹿乃は自分の小さかったころを、目の前で見ているようだった。鹿乃も良鷹に絵本を読んでもらったことがある。いまの幸よりも幼いころだったと思うが。良鷹は鹿乃を寝かしつけるのに、絵本を読んでくれていたはずだ。もっと読んで、とせがんで読んでもらっているうちに、寝ていた。懐かしい。

良鷹の低い声が、ほかのあひるたちや母鳥にさえも邪険にされ、のけ者にされる雛の姿を語っている。条件反射なのか、鹿乃は眠たくなってきた。まぶたがさがり、意識は霞《かすみ》のように薄く、儚《はかな》くほどけてゆく。頭のなかには、灰色の〈みにくいあひるの子〉がいる。雛のなかで、その子だけが違う、異質な子。だが、異質だったのは、あひるのなかにいたからだ。自分が何者かを知り、〈みにくいあひるの子〉は白鳥の群れに戻ってゆく。美しい白鳥の姿になって。

鹿乃は、はっと目を覚ました。半分、寝てしまっていた。いつのまにか慧にもたれかかっている。ごめん、と口を開きかけた鹿乃に、慧は唇の前でひとさし指を立てた。その指を鹿乃の隣に向ける。そちらを見れば、幸が縁側に丸くなって眠っていた。かすかに寝息が聞こえる。深く寝入っているようだ。鹿乃は口を押さえて、良鷹を見た。良鷹はどこか戸惑うように幸を眺めていた。その前には閉じた絵本がある。読み終えていたようだ。

良鷹は背広を脱ぐと、幸にそっとかけた。幸は一瞬、身じろぎしたが、ふたたび寝息をたてはじめる。眠れてなかったのだろうか。父を亡くしたばかりでは、無理もないが。

鹿乃はできるだけ衣擦《きぬず》れの音をさせぬよう、ゆっくりと立ちあがる。縁板がかすかにきしんでひやりとしたが、幸が起きた気配はなかった。慧と良鷹を見て、無言で障子のほうを指さす。なかに入って、という合図のつもりだ。鹿乃は静かに障子を開け——こまめに蠟《ろう》を引いているのか、音もなくなめらかに開いた——部屋のなかに足を踏み入れた。ここは亘の部屋だ。慧と良鷹も鹿乃同様、静かに動いて部屋に入った。

慧が障子を閉めるのを待って、鹿乃は小声で言った。

「ちょっと、思いついたことがあるんやけど……家に戻ってもいい？」

「着物のことでか？」

慧も小声で訊き返す。鹿乃はうなずいた。「わかった」と、深く問うこともなく慧は了承する。

「お兄ちゃんは、残る？」

「いや、俺も行くわ」

「でも、幸ちゃんのそばにいてあげたほうが——」

「俺にも考えがあるんや」

「……？」

鹿乃は首をかしげたが、まあいいか、とうなずく。きっとなにか思惑があるのだろう。

「戻る前に、あの子を布団に寝かせたほうがええやろ。風邪でもひいたら困るし」

良鷹が言うので、鹿乃は幸の部屋に押し入れから出した布団を敷いた。良鷹が幸を抱きあげ、そこに寝かせる。おろして離れるときに、幸はむずがるように手を宙に伸ばしてさまよわせた。良鷹がその手をとって、掛け布団の下に入れてやる。幸はおとなしくなって、そのまま深い眠りについたようだった。

足音を忍ばせて部屋を出て、玄関に向かっていると、途中で吉見に会ったので、幸が寝ていることと、帰る旨《むね》を伝える。津守家の車庫にとめていた車に乗りこみ、鹿乃たちは野々宮家に向かった。

「それで、思いついたことって？」

慧が車を走らせながら、改めて尋ねる。

「さっき、うとうとしながら『みにくいあひるの子』を聞いてて、そういえば、て思い出したんやけど――お兄ちゃん、津守さんのとこから買い取った骨董でな」

後部座席で考え事をしていたらしい良鷹が、「なんや」と鹿乃のほうを向く。

「あれは利光さんが使ってはったものみたいで、男物ばっかやったやろ」

「そやな。――ああ、いや、違うで」

訂正しようとした良鷹に、鹿乃は「うん」とうなずく。

「ひとつだけ、違うのがあったやろ。女物の、かんざし」

ほかはすべて男物なのに、それだけ違う――異質なものだ。〈みにくいあひるの子〉のように。

「最初に見たときは、利光さんの奥さんのものなんかなあ、て思たんやけど、違った。利光さんに奥さんはいはらへんかったんやから。それを知ったときに、かんざしのことも思い出したらよかったんやけど」

ずっと、なにかを見落としているような気がしていたのは、これだったのだ。

「ほかの骨董を処分しても、あれは残してあったんやから、大事なものやったんや。ていさんのものか、着物みたいに、ていさんのことを想って誂えたものなんと違うやろか」

きれいなかんざしだった。彫金で紅葉をかたどったものだったと思う。紅葉のほかに、もうひとつモチーフが彫りこまれていたように思うのだが、なんだったか。

「あの骨董は、津守が俺を呼ぶ口実くらいにしか思ってなかったから、さして気に留めてなかったんやけど――」

良鷹が眉をよせて頭をかく。

「たしか、〈紅葉賀《もみじのが》〉のかんざしやったな」

「紅葉賀？」

「『源氏物語』だな」と、これは慧が答えた。「〈紅葉賀〉って巻があったろ」

「ああ……」鹿乃は記憶を掘り起こす。『源氏物語』はひと通り読んだが、巻の名前だけ言われても、すぐには思い浮かばない。

「紅葉賀――紅葉の時季の祝宴に、光源氏が頭中将《とうのちゅうじょう》と〈青海波《せいがいは》〉を舞うんだよ。夕暮れどきに紅葉のなかで舞を舞う、光源氏の美しさが際立ってる。紅葉と〈青海波〉に使われる鳥甲《とりかぶと》を合わせて、櫛《くし》やら伊達紋やらにされることが多い。かんざしにもしやすいモチーフだな」

「藤壺の着物に、〈紅葉賀〉のかんざし……やっぱり、利光さんがどっちも誂えはったんやろか。ていさんのために」

どうだろう、と慧は前を向いたまま、首をすこしかしげる。

「あのかんざし、俺はよく見てないが、彫金じゃなかったか？」

「うん、そう」

「ていさんの父親は、彫金師だったよな。もしかしたら、その父親が作ったものなんじゃないか？　ていさんが頼むなり、なんなりして」

鹿乃はしばし思案を巡らせる。

「――ふくさんに訊いてみる。なにか知ってはるかもしれん」

話をしているあいだに野々宮家に着いたので、鹿乃は急いで電話をかけに向かう。呼び出し音をもどかしい思いで聞き、相手が出ると、ふくを呼んでもらった。電話に出てくれたのは、ふくの家に行ったさい、お茶を出してくれた、ふくの息子の嫁だ。電話口でしばらく待っていると、ふくが出た。

「かんざし？」

ふくは何度か「かんざし、かんざし……」とぶつぶつ言ったが、「ああ」と思い出したように明るい声をあげた。

「紅葉のかんざしな。あったわ。ていさま、たしかに持ってはった。お嫁入りのときに持参なさったもので、そやけど、いっぺんも挿《さ》さはったことがなかったんや。気に入ってはらへんかったかていうたら、そうやのうて、ときどきとりだして見てはった。わたしはてっきり、これは利光さまが贈ったかんざしなんと違うやろか、て思てたんですけど――」

「違《ちご》たんですか？」

「ていさまがお亡くなりになったあと、遺品をご実家にお届けしたんです。身の回りの品なんかを……そのなかに紅葉のかんざしもありました。そしたら、それを見たていさまの父親が、嫁入り前にていに頼まれたかんざしや、て言わはったんです。お嫁入りするて決まったあとに、こういうかんざしが欲しいてお願いされたんやそうです。なんていうたかな、紅葉の……」

「〈紅葉賀〉ですか？」

「ああ、そやそや。それです。そう言うてはった。それのかんざしが欲しいて、ていさまはおっしゃったそうなんです」

かんざしは、慧が言ったように、ていが父親に頼んで作ってもらったものだった――。

「なんでか、理由は言うてはりましたか？」

「いいえ。でも、嫁入り前に、ていうことですさかい、利光さまに関係あるんやないかと思いました。そうでなかったら、挿しもせんのに大事にしもて、ときどきそっと眺める、なんてこと、しはらへんでしょう」

たしかにその通りだ。

「そのかんざしが、利光さまのところにあったんですか。ほな、お身内の誰かが利光さまにあげはったんですやろか。ていさまの父親も、ていさまを嫁がせはったこと、悔やんではったさかい。亡うなってから悔やんでも、しゃあないんですけどね……」

ふくはしんみりと言って、ため息をついた。

鹿乃は礼を述べて電話を切る。ていはおそらく、利光のことを想って、〈紅葉賀〉のかんざしを誂えた。〈紅葉賀〉――紅葉を背景に、光源氏が舞を舞う。鳥甲は光源氏を表しているわけだ。

光源氏、と利光があだ名されていたという話を思い出す。いわずもがな、かんざしは利光をイメージしたものだったのだ。嫁ぐ前にそれを誂え、利光を想うよすがにしたのではないだろうか。

それを、ていの父親か、母親かわからないが、利光に譲り渡した。利光は――。だから、あの着物を誂えたのだろうか？　ていが光源氏に利光をなぞらえてひそかにかんざしを持っていたように、利光も藤壺に、ていへの想いを託した。『藤衣』として、悼む気持ちとともに。

鹿乃は納戸《なんど》に向かう。そこには良鷹が買い取ってきた、利光の骨董が置いてある。納戸に入ると、利光の骨董がまとめて置かれている棚の前に立つ。平たい、長方形の桐《きり》箱《ばこ》をひとつ手に取り、蓋《ふた》を開けると、かんざしがあった。紅葉と鳥甲を彫りこんだかんざしだ。紅葉は葉の一枚、一枚が葉脈まで細かく彫りこまれ、銀で作られているのに、燃えるような紅《くれない》の色が見えるようだった。鳥甲も、それを被って舞った光源氏の美しさを表すかのように、華やかな模様が精緻《せいち》に刻まれている。ていの父親は、腕のいい職人だったのだろう。

鹿乃はかんざしを箱に戻すと、それを手に納戸を出た。藤の着物を置いてある広間に向かう。扉を開けると、慧がソファに座っていた。鹿乃はつと、足をとめる。

「──あれ。お兄ちゃんは？」

書斎か？　と思いきや、

「良鷹なら、津守さん家《ち》に戻ったぞ。用事があるとかで」

という答えが返ってきた。

「津守さん家に、また……？」

ふいに、鹿乃の胸に鉛色《なまり》の雲が広がるようにして、不安が湧きおこった。なぜ、と説明できない不安感だったが、頭の奥で警鐘《けいしょう》が鳴り響いている。どうしてこんなにも、いやな予感がするのだろう。

鹿乃は窓のほうを見た。箱をテーブルに置くと急いで駆けより、窓を開けてテラスに出る。庭に、白露《しらつゆ》がいた。盛りを過ぎた雪柳《ゆきやなぎ》の前で、こちらを見据えている。その体は、夜でもないのに、ぼうと白く光を放つように輝いて見えた。黒い瞳が、鹿乃になにかを訴えている。

──行け、と言われているような気がした。

鹿乃はきびすを返し、部屋に戻る。

「どうかしたのか?」といぶかしむ慧に、「慧ちゃん、お願い。津守さん家にいますぐつれてってほしい」と頼んだ。

ただならぬ様子の鹿乃に慧も表情を引き締め、「わかった」と立ちあがる。慧の車に乗せてもらい、鹿乃は津守家を目指す。強くなる不安に気が逸《はや》るが、落ち着かなくては、と心をなだめる。歩いて行ける距離だから、車であれば着くのはあっというまだ。だが、このときばかりはそれが一時間にも二時間にも思えた。

津守家に到着して、停車するのももどかしく車をおりると、鹿乃は玄関に急いだ。が、インターホンを押そうとする鹿乃の手を、慧がつかむ。

「なに? 慧ちゃん——」

シッ、と鹿乃に声をひそめるよう指示して、慧は「縁側のほうに回ろう」とささやいた。

「なんで?」

「良鷹に言われてたんだ。もし俺を追いかけてここに来るようなことがあれば、こっそりなかに入ってくれって」

「こっそりって、そんな——」

不法侵入ではないか。

「いいや。真理子さんと幸ちゃんの了解は得ているそうだ」

「え？」

ますます、わからない。どういうことなのだ。

「俺にもよくわからん。だが、良鷹がそう言うんだから」

慧は、なんだかんだで良鷹を心底、信用している。だから十年以上も友情が続いているわけだが。

鹿乃もうなずいて、縁側のほうに回ることにした。庭の松や楓が、ちょうどよく体を隠してくれる。幸い、縁側には誰もいなかった。——と思ったら、足音がして、鹿乃と慧はとっさに黄楊《つげ》の植え込みの陰にしゃがみこんだ。

縁側を誰かが歩いてくる。植え込みから顔を出すと向こうから丸見えになってしまうので、誰なのか確認することができない。足音の主は、鹿乃たちが身を隠している植え込みの正面にある部屋の障子を開け、なかに入っていったようだった。奇妙なのは、足音の主が、できるだけ足音を立てないよう、歩いていた様子だったことだ。鹿乃たちもすこし前に、幸を起こさぬよう、そっと歩いたので、そんなときにどういう音がするか、知っている。古い屋敷なので、どれだけ注意しても、縁板がきしんだ音を立てるのだ。静かに歩こうとすると、きしむ音は細く長いものになる。

なぜ、足音を忍ばせていたのか？　この正面にある部屋は、幸の部屋だった。幸はまだ、なかで眠っているのだろうか。だから、足音の主は静かに歩いていたのだろうか。

違う気がした。鹿乃は立ちあがり、植え込みの陰から出ると、縁側に近づいた。慧もおなじように縁側に向かう。鹿乃はしかし、そこからなかにあがろうとして、躊躇する。縁側に足を乗せれば、きしむ音が響く。どうしよう、と思ったが、鹿乃は意を決し、縁側にあがるとほぼ同時に障子を開け放った。

なかにいた人物が、驚いたように動きをとめた。布団で寝ている幸の上に、馬乗りになってかがみこんでいる。その状態で固まり、鹿乃のほうを見て蒼白《そうはく》になっていた。

忠行だった。顔は血の気が引いているのに、目だけが血走っている。こんな季節にもかかわらず、額《ひたい》や首筋に汗が噴きでていた。彼は手に、なぜだか濡《ぬ》れ布巾を持っていて、それを幸の顔の上にのせていた。

「なにを……！」

鹿乃は半ば言葉にならず、布団のほうへと駆けよろうとした。あれでは、鼻と口に布巾が貼りついて、幸は呼吸ができない。足がもつれて倒れこみながらも鹿乃が濡れ布巾に手を伸ばしたいっぽうで、慧が忠行を幸の上から引きはがした。それで布巾は幸の顔からはがれる。と同時に、障子の反対側のふすまが勢いよく開かれた。ふすまが角の柱にあたり、乾いた音を立てる。

開いたふすまの向こうにいたのは、良鷹と真理子だった。慧は羽交《はが》い絞めにしていた忠行から手を放す。忠行はあわてたように慧や良鷹から距離をとり、あとずさった。そのうしろは壁である。手にした濡れ布巾から水が滴《したた》り落ちた。

「最初から見ていましたよ、忠行さん」

真理子が厳しい声で告げる。「こっそり部屋に入ってきて、幸ちゃんの顔にその布巾をのせるところを」

忠行は、幸を殺そうとしていたのだ。鹿乃は体が震えた。幸はいまだ目を閉じたままだったが、規則的な呼吸をしている。なんともないようだ。鹿乃は袂《たもと》から手ぬぐいをとりだし、幸の水で濡れた頬をふいた。

「違うんや」

忠行は声を張りあげた。

「待ってくれ、誤解や。まさか、そんな——この布巾は、額にのせてあげよとしただけで、手がすべって、そうや、熱が出たんやと思て。そやから——」

「額にのせるつもりなんやったら、もうちょっとしっかり絞ったほうがよかったんとちゃいますか」

水が滴り落ちている布巾を見て、良鷹が冷ややかに言った。

「いや——それは、ほら、たんに絞るのが下手くそやっただけで——」

忠行はその場を和《なご》ませようとしてか、へらへらと笑みを浮かべる。だが、頬はひきつっていたし、額や首筋も汗でぐっしょりと濡れて、シャツに染みを作っている。どれだけ言い訳をつらねても、さきほどの光景は鹿乃の目に焼きついている。彼が幸の顔に濡れ布巾をのせていたのは、言い逃れしようのない事実だった。

「ひっ」

忠行は布団のほうを見て、悲鳴に近い声をあげた。いつから目を覚ましていたのか、幸が目を開け、ゆっくりと起きあがる。幸は無表情に忠行を見つめた。忠行の顔が青ざめる。いったい、なにをそんなにおびえているのだろう。

「なんや？　どないしたんや」

騒ぎを聞きつけて、良鷹と真理子のうしろから、延子に多嘉子、吉見がけげんそうな様子でやってくる。延子は忠行を見て、目を丸くした。

「なんや、忠行。あんた、なにしてんねん、そんなに汗かいて」

延子はまだ事態に気づいていないようでのんきに言ったが、多嘉子はまわりの人々の厳しい表情や忠行が手に握っている濡れ布巾に、察するものがあったようだ。「兄さん、まさか――」と深刻そうな声をあげた。

「忠行さんがこの部屋に忍びこんで、幸ちゃんの顔に濡れ布巾をかぶせたのを目撃しました」

真理子が簡潔に事実を述べる。延子は「はあ？」とぽかんとして、多嘉子は青ざめて口もとを押さえた。

「え？　なに、どういうこと」とまわりを眺める延子に、多嘉子は「兄さんが――幸ちゃんを殺そうとした、ていうことや」と声を絞りだした。

「はっ？」延子は目を剝《む》く。「まさか、そんなあほなこと――」と言いかけたが、忠行の様子を見て、黙りこんだ。忠行は「いや、待ってくれ」と両手をふる。

「俺は、ただ――」

まだ弁解しようとする忠行を無視して、良鷹が口を開いた。

「布巾を用意したのは、あなたですよね、吉見さん」

皆の視線が吉見に集まる。吉見の顔は紙のように白くなっていた。

「そう――そうですけど、ただ『布巾が欲しい』て言われて、渡しただけです。まさか、こんなことに使われるやなんて」

吉見は泣きだしそうな顔で何度も首をふる。

「ですが、あなたは忠行さんに言われて、私たちの行動を見張っていたんと違いますか」

良鷹の言葉に、鹿乃は驚く。――見張っていた？　そういえば、だいたい吉見は鹿乃たちのそばにいたような気がする。

「見張るやなんて……どういう目的があるんか、さぐってほしいとは言われましたけど、そんな器用な真似、できませんし」

吉見はそわそわと視線をさまよわせる。ときおり横目で忠行をうかがっていた。

「なんで忠行がこのひとに、そんなこと頼むんや？」

延子が吉見と忠行を見比べる。多嘉子が臭気を嗅《か》ぎつけたように顔をしかめた。「まさか兄さん、このひととそういう仲なんと違うやろな」

「忠行さんは、再婚の予定があると言うてはりましたね」

良鷹が言う。「昨日、台所にいるおふたりを見ましたが、妙に気心知れた様子に見えたんで、気にかかってたんです」

吉見が不思議そうな顔をする。いつのことか思い出せないらしい。

「延子さんにお茶を淹れるよう言いつけられて、忠行さんに文句を言うてはったでしょう」

「ああ……」吉見は下を向いて、ちょっと笑った。笑っている場合ではないと気づいたのか、口もとを覆う。

「ここに勤めはじめて一年くらいたったころから、忠行さんがちょっかいかけてくるようになったんです。買い物に出たときとか、仕事が終わって帰るときとか、『偶然やなあ』とか言うて、話しかけてきはって」

気まずさからか、吉見はぺらぺらとしゃべりだす。

「家の様子とか、津守さんの健康状態とかをさりげなく訊いてきはるんで、なにをさぐってはるんやろ、ていやに思てたんですけど……」

吉見は言葉を濁《にご》す。いやに思っていたはずが、恋人になってしまった、ということだろうか。

「最近になって、結婚しよう、て言われて……ほんで幸ちゃんを引き取ろう、て言わはるんです。べつに遺産が目的やない、姉さんや妹に引き取られるんはかわいそうやし、離婚した妻とのあいだにも娘はいなかったから、幸ちゃんをかわいく思てるんや、って」

嘘ばっかり、と多嘉子が毒づいた。

「兄さんは子供が嫌いやないの。どの口が言うんやろ。ほんまに、調子のええこと言うて、女をひっかけるんだけはうまいんやから。——あんたと結婚したいて兄が考えたんはな、幸ちゃんの世話をしてるあんたと結婚したら、幸ちゃんを引き取るのに有利や、とでも考えたからやろ。浅知恵やな」

吉見は唇を噛《か》んだが、うすうす感じてでもいたのか、反論しなかった。

「そもそも、そんなんで有利になんかならへんやろ」と延子があきれたように言う。「幸ちゃん、このひとに懐いてないいんやから」

吉見がムッとした顔で延子を見る。「懐くと懐くまいと、この四年、幸ちゃんの世話をしてきたんは私です」

「なんにせよ、あなたは忠行さんの提案にのったわけですね」

良鷹が言うと、吉見は怯《ひる》んだようにちょっと黙り、「そうですけど」と小さく言った。

「でも」と語気を強める。「こんなことまで承諾したわけやありません。幸ちゃんを殺そうとするなんて、まさか、そんなん聞いてもいませんし、想像もしませんでした」

吉見は、見知らぬ者を見るような目を忠行に向けた。忠行は青い顔で、言い抜ける策でもまだ考えているのか、目を泳がせて突っ立っている。

「わからへんわ」

延子は心底理解できない、という目で忠行をねめつけている。

「だって、おかしいやないの。吉見さんと結婚して、幸ちゃんを引き取ろうって計画やったわけでしょう。それがなんで、こんなことになってるん？　幸ちゃんが死んでしもたら、おじゃんやないの。うちらに相続権はないんやで。後見人になったらもらえるお金も、死んでしもたら一銭も入らへん」

延子は半ば怒ったように言った。一銭も入らない事態にしかけた弟に、腹を立てているらしい。

「後見人になっても、お金を自由にできるわけやありませんよ」

真理子が腰に手をあて、眉をよせている。「不正な流用があれば、すぐにわかります。そのつもりで」

延子は肩をすくめた。

「ともかく、私が言いたかったのは、わりに合わへん、てことや。理由がないどころか、損やないの。それに、こんなひとが多い家で殺してしもたら、すぐばれて捕まるのなんて、わかりきったことやで」

そう言ったあとで、

「あれ？　でもあんたら、帰ったんと違たん？」

と良鷹や鹿乃、慧を見た。

「それに、望月先生も。用があって事務所にいったん戻る、て言うてはったのに」

「戻ったふりで、この家にいました。彼と相談して」

真理子は良鷹に目を向ける。

「私もいったんここを出て、すぐに戻ってきました」

良鷹の言葉に、延子は眉をひそめる。

「なんやそれ。なんでそんな騙《だま》すような真似をせなあかんの？」

「そうすれば、行動に移すと思ったので」

良鷹はちらりと忠行を見た。忠行の視線はきょときょとと動き、落ち着きがなかった。

「わからへん」

延子はまた、苛立ったように言った。

「それでもまだ、私も多嘉子もいるやないの。吉見さんは、まあべつとして」

「私もぐるみたいに言わんといてください！」

吉見は金切り声で叫ぶが、延子は無視した。

「さすがに忠行がこんなあほなことしたら、ほっとかへんで」

なあ、と延子は多嘉子に同意を求める。多嘉子は黙ったままだったが、うなずいた。

「そうでしょうか？」

良鷹は淡々と問う。瞳は冷ややかだった。

「当たり前——」

「利光さんのときには、黙っていたのに？」

空気が凍りついた。

——利光さんのときには、黙っていたのに？

どういうことだ、と鹿乃は頭のなかで良鷹の言葉を反芻《はんすう》する。まさか——。

「なにを言うてはるん」

まっさきに延子が口を開いたが、声は乾き、顔がひきつっていた。多嘉子の顔は青白くなっている。両手を体の前できつく握りしめていた。

「忠行さんは、もしことを起こしても、今回もあなたがたなら黙っていてくれる——むしろ協力してくれると踏んで、行動に移したんです。そうでしょう？」

良鷹は忠行に問いかける。忠行の額にまた汗がどっと噴いて、肩は小刻みに震えていた。

「忠行さんが幸ちゃんを殺す理由がない、と延子さんは言わはりましたが、その理由も、そこにあるんですよ」

良鷹の口調は静かだったが、目はつねに忠行をとらえている。

「そこ、って……」

鹿乃はつぶやく。いやな想像しか出てこない。良鷹は忠行に目を据えたまま、答えた。

「忠行さんは、利光さんを殺したんや」

吉見がかすかな悲鳴をあげ、鹿乃は口を押さえた。

「違う！」

　忠行が血相を変えて叫んだ。

「殺したんやない、伯父さんは発作を起こしたんや！　俺はなにもしてへん、怖なって、逃げただけ――」

　そこまで言って、忠行は口をつぐむ。失言に気づいたらしい。

「発作を起こしているのがわかっていて、救護もせず、その場を立ち去ったんですね」

「い、いや――それは……」

　汗が目に入るのか、忠行はしきりにまばたきをして、額の汗をぬぐった。

「死ぬとは思わんかったんや。ほんまや」

「亘くんは薬で眠っていて、ほかに気づいてくれるひとが誰もいなかったのに、ですか」

「気が動転してて、そこまで頭が回らへんかった」

　良鷹は無表情に忠行を眺めている。

「発作を起こした理由は？　その日は、金の無心に行かはったんですよね」

「なんで知って――」

　良鷹の冷めた目とかち合い、忠行は目をそらす。

「そうや。会社が危なかったときで、いくらか融通してもらえへんかと……もちろん、あとで返すつもりで」

「『つもり』程度の意識しかない相手に、お金は貸せへんでしょうね」

良鷹が切り捨てると、忠行はぐっと言葉につまった。

「利光さんはあなたの頼みを断った。それで、暴力でもふるったんですか」

「まさか！　ちょっと――ほんのちょっと、衿《えり》をつかんで揺さぶっただけや」

「老人相手に」

「……」

忠行はまた言葉につまったが、唇を舌で湿らせると、良鷹をうかがうように下から見あげた。

「でも、それだけや。殺そうとなんてしてへんし、死ぬなんて思わんかった。翌日訃報《ふほう》を聞いて、びっくりしたんや」

おおげさに両手を広げて、開き直ったように忠行は言った。良鷹はかすかに眉をよせる。

「気が動転して、まずい対応やったとは思う。でも人間、冷静になれへんときも――」

「それだけではないでしょう」

良鷹は鬱陶しそうに忠行の弁をさえぎった。

「利光さんは、薬を持ってたはずや。文机に入ってたはずのその薬が、亘くんが見たときにはなくなってたそうです。利光さんが亡くなる日まではたしかにあったのを、彼は確認してます。発作を起こしたなら、その薬を飲もうとしたはず。どうでしたか」

忠行の瞳が落ち着きなく揺れている。彼は、利光の発作を見て逃げただけでなく、薬を奪っていったのか？　それならば、たんに見殺しにした、という域をこえている。良鷹の言うとおり、忠行が利光を殺したことになる。

——それにしても、良鷹はどうしてそんなことを知っているのだろう、と鹿乃は不思議に思う。

「どうやったかて、そんなん、覚えてへんわ。それがなかったから、なんやていうんや。だいたい、俺が伯父を殺す理由があらへんやないか」

忠行は早口にまくしたてる。

「そうですか？　借金を断られた腹いせか、頑固にお金を貸してくれない伯父より、病弱な彼の孫のほうが御しやすいとでも思ったか、そんなとこと違いますか」

「な——」

良鷹はにべもなく言って、つぎに延子と多嘉子に視線を投げる。ふたりはそろって顔を背けた。こういうときだけ、息が合う。

「あなたがたは、彼が伯父の死にかかわっていることを知ってはりましたよね」

はるん」

「知るわけないやろ」即座に延子は言い返した。「なんの証拠があって、そんなこと言わはるん」

多嘉子は慎重に黙っている。

「亘くんがあなたがた三人に、質問したのを覚えてはりませんか」

「質問？」

「利光さんの葬儀のあと、亘くんは訊いたはずです。彼は、祖父が亡くなった日の夜、客が来るのを知っていました。利光さんがそう言わはったからです。『今夜、客がひとり来るけど、おまえは寝てたらええ。しょうもない用事やさかい。伯父やったら金を出してくれると思てるんやからな』というようなことを言っていたそうです。『伯父やったら』ということから、客はあなたがた三人のうちの誰かや。最後に祖父に会ったのはおそらくその人物なのに、どうしてなにも言ってくれないのだろう。そう思った亘くんは、あなたがたに訊いた。その日、祖父を訪ねてきませんでしたかと。あなたがたはそろって否定した。訊いてもないのに、その夜はどこそこに出かけていただの、誰と会っていただのと言いだした。その様子から、亘くんは祖父の死にこのうちの誰かが関わっていて、ほかのふたりも知っているのでは、と思たんやそうです」

延子も多嘉子も、説明を聞くうちに、どんどん顔色が悪くなっていった。

「そんなん――だいたい、なんであんたがそんなこと知ってるんや。亘くんが話したんか?」

良鷹は、背広の内ポケットから一通の手紙をとりだした。

「亘くんから、手紙をもらいました。ここに書いてあります」

かかげた手紙の表には、《野々宮良鷹様》と書かれている。着物に添えられていた手紙の字とおなじだ。しかし、あんな手紙、いつ、どこで受けとったのだろう?

「亘くんは、疑いだけで祖父の身内を追及するのはためらわれて、長らく自分の胸だけにしまってた。そやけど、自分の死を目前にして、状況が変わってきた。幸ちゃんの身を案じたんや。祖父を死に至らしめた人物が、この子にも危害を加えるのでは、と」

「いや、なんでや? 伯父さんのことがあったからて、なんで幸ちゃんを殺さなあかんのや」

延子が問う。

「あなたは、利光さんがここにいる、苦しんでいる、とこの子が言うたとき、ぎくりとしませんでしたか」

お父さんも、おじいちゃんもいはるから、出ていきたない――と言ったときだ。そういえばあのとき、三人の反応は過剰にも思えた。とくに忠行などは、真っ青になっていた。

「自分が死んだあと、あなたがたがここに押しかけてくるのはあきらかやった。そのとき、幸ちゃんが利光さんのことを口にしたらどうなるか……」

良鷹は忠行に視線を向けた。

「あなたがどう言い繕《つくろ》おうと、あの子を殺そうとしたことは多くの者が見てます。あの子が死ねば損をするにもかかわらず、なぜ殺そうと思ったのか、その理由をほかに説明できるのなら、してみればいいでしょう」

忠行はなにか言おうと口をしばらく開いたり閉じたりしていたが、なんの言葉も出てこず、顔が青ざめてゆくばかりだった。やがて、彼は糸の切れた人形のように、深くうなだれた。

「知ってるんやと思たんや」

ぽつりと、忠行が言った。瞳のなかはからっぽで、焦点が合っていない。

「このガキ、俺がなにしたか知ってて、脅《おど》しで言うてるんやと――」

忠行は髪をかきむしる。

「亘が俺のしたことを突きとめて、教えたんかもしれん、手紙でも託してるかもしれん、と思たから、幸が肌身離さず持ってるポシェットの中身を確認しようとしたけど、それもできんかった」

「それであのとき、幸ちゃんからポシェットをとりあげようとしたんですね」

良鷹が言うが、鹿乃はそれを知らない。できなかったと言うからには、良鷹が防いでくれたということだろう。しかし、十歳の女の子が言ったことを脅しととらえ、真実を知っていると思いこみ、殺そうとするとは——鹿乃はあらためてぞっとした。利光を殺した時点で、彼は自分のなかの正常な軸を失い、足を踏み外し続けるしかなかったのだろう。

「幸ちゃんが言うたんは、言葉どおりの意味ですよ」

良鷹がそう言うと、忠行は、すうっと顔色が白くなった。空気が抜けたように、その場にへたりこむ。

「私は、ちゃんと知ってたわけやないんや。ほんまやで」

延子がおびえるように周囲を見まわす。まるで、その辺りにいる利光に言い訳しているようだった。

「あの日の夜、忠行が伯父さんとこ行く予定やったんは知ってた。伯父さんが亡くなったて知らせ聞いて、忠行に電話したんや。『あんた、昨夜、伯父さんとこ行ってたんと違うん』て。そしたら、『行ってない』て言うんや。ほんで、昨夜はコンサート行ってた、て細かく感想を言うんや。嘘やな、て思た。忠行は嘘つくとき、しゃべりすぎるんや。そのうえ、『俺が金に困ってたとか、伯父さんに借りようと思ってたとか、よけいなこと言わんといてな』て釘刺すんもんやから、ますますあやしいと思て……」

「私も、兄さんが伯父さんにお金を借りようとしてたんは知ってた。それだけや。でも、兄さんがわざわざ電話してきて、姉さんに言うたみたいなこと勝手にしゃべり散らかすさかい、やましいことでもあるんか、と疑《うたご》うてた。でも疑うてただけで、問い質《ただ》したことはあらへん」

多嘉子も血の気のない顔で、畳に目を落として言った。

「なぜ、問い質さなかったんですか」

良鷹が問うと、ふたりとも石を呑《の》んだような顔をした。多嘉子は唇を噛んで、「問い質してしもたら、はっきりしてしまう」と小さな声で言った。

「はっきり知ってしまうんは、怖かった。私は教師や。身内に殺人犯が出るんは困る」

延子も、「私かて、主人の会社に影響が出たら困るさかい」とふてくされたように言う。

はっきり知らなければ――蓋をして、目を背けていれば、忠行の罪はないも同然だとでも思っていたのだろうか。鹿乃は胸から背中を木枯らしが吹きぬけるような、寒々しい気持ちになった。

「それで、知らんふりを決めこんだわけですね」

良鷹は、ため息を吐いた。

「それやから、今回も体面を気にして隠蔽《いんぺい》に協力してくれる、と思ったんでしょう」

「そうや、そのとおりや」

忠行は立ちあがり、投げやりに言い放った。

「なにが『ちゃんと知ってたわけやない』や。そのことでちくちく俺を脅して、幸の後見人になるのをやめさせようとしたくせに」

延子に向かって、吠《ほ》えるようにまくしたてる。ついで多嘉子にも吠えかかった。

「多嘉子もや。なにが『疑うてただけ』や。弱みを握ったつもりで、あれこれ頼みごとしよったやないか。わかってて知らんふりしてたんやから、ふたりとも同罪や」

「同罪なわけないやろ！　自分の罪をこっちになすりつけんといて」

「そうや。伯父さんを殺したうえ、こんな小さい子供まで殺そうとしたあんたと一緒にされたらかなわん」

延子と多嘉子が口々に言い立てる。

「あんたと血がつながってるやなんて、思いたくもない」

「ほんまに、ろくでもないことばっかりして。兄さんのせいでこっちまでとばっちりや」

「うるさい、もとはといえば、姉さんや多嘉子が一銭も貸してくれへんかったさかいに——」

パン、と乾いた音が響いた。真理子が手をたたいたのだ。

「きょうだいゲンカはその辺にして、あとは警察のほうで話してもらえますやろか」

三人の顔が、また青ざめる。

「そんな、私はなんも――」

「私かてそうや」

「俺も魔がさしただけで――」

真理子は蝿《はえ》を追い払うように手をふった。

「そやから、あとは警察でお願いします。知り合いの刑事さんをもう呼んでますから。玄関で待ってはりますよ」

それでもまだ口を閉じない三人と吉見を追いたてて、真理子は部屋を出ていった。

ふすまが閉じられると、静寂が戻ってくる。ようやくまともに息ができるような心地になって、良鷹はネクタイをゆるめた。

布団の上に身を起こしている幸は、なんの表情もなくただ前を見つめている。鹿乃が布団のかたわらに膝をついた。

「幸ちゃん、大丈夫?」

幸はこっくりとうなずく。鹿乃はその背中を撫でさすった。

「しばらくなにがあっても寝たふりしててくれ、て頼んだんや」

良鷹は鹿乃の反対側に腰をおろす。「悪かったな。怖かったやろ」

「ううん……」幸は首をふる。怖くなかったのか、気にするな、ということなのか、わからない。

「それで、どういうことなんだ？」

慧が、開けっ放しだった障子を閉めて、鹿乃の隣に座る。「その手紙は？」

「これは――」

良鷹は亘からの手紙をかかげて、ちらりと幸のほうに視線を送った。

「この子からもろたんや」

「幸ちゃんから？」

いつのまに、と鹿乃が不思議そうに幸と良鷹を見比べる。

「昨日、ポシェットをとられそうになった、て言うたやろ。そのあとや。ポシェットからこの手紙を出してきた」

「お父さんが……『野々宮良鷹ていうひとがこの家にきっとやってくるから、信用できると思ったら、この手紙を渡しなさい』て言わはった」

幸が小さな声で言う。幸はずっと、良鷹のことを見定めるような目で見ていた。あれは、父の言うように、信用できるかどうかをたしかめていたのだ。ポシェットをとり返してくれた良鷹を、幸は信用に足ると判断したらしい。

「手紙には、祖父の死に対する疑惑と、それにともなって娘を心配してる、てことが書いてあった。以前から、利光さんがいる、苦しんでる、て幸ちゃんは言うてたらしい。それが相手を刺激してしまうんやないかと」

結果的に、亘が危惧《きぐ》していたとおりになった。利光のことを口にしたときの、あの三人の反応は顕著《けんちょ》だった。

手紙で亘は、『幸を守ってほしい』と書いていた。

――勝手なお願いではあるけれど、どうか、幸を守ってほしい。

良鷹は手紙の封筒の裏に書かれた、《津守亘》という署名に目を落とした。

「手紙を読んで、真理子さんに相談した。俺ひとりでは、どうにもならんからな。それで、その日は真理子さんが泊まって、幸ちゃんに危害が加えられへんようにした。午後からは俺たちもやってきて、ますます手は出せへんうえ、引き取りさきが決まるまでうちで預かる、てことに決まった。そうなったら、なにかする隙《すき》はほとんどなくなる」

そのうえで、良鷹は鹿乃たちとともに家に帰った。真理子も口実をもうけて津守家を離れる。

「わざと隙を作って、罠《わな》をはったんだな」

慧が言った。

「そうや。どうにかするなら、この時間しかない。真理子さんは出かけたふりして家に残って、俺もすぐに戻った。ほんで、この部屋の隣で待ってたんや」

そこに濡れ布巾を手に忠行がやってきたというわけである。

「――ほな、幸ちゃんをうちで預かる、ていうんは、嘘なん？」

鹿乃が落胆《らくたん》を隠さずに訊いてきた。

「いや……」

良鷹は幸を眺める。幸は布団の上にのせた両手の指を、じっと見つめていた。なにを考えているのだろう。

――どうか、幸を守ってほしい。

そう書いた――書くことしかできなかった亘の気持ちが、良鷹の胸に突き刺さっている。

幸は枕もとにあった絵本に気づくと、それを胸に抱え、布団から出る。障子を開けて、縁側に腰をおろした。鹿乃がそれを追い、幸のかたわらに座る。幸は絵本を開き、読みはじめた。

「読もか?」

と鹿乃が声をかけるが、

「ううん、いい」

と幸は断る。じっと文字を追っている。幸は多くをしゃべらないし、顔にも出さない。その小さな体に、言葉にできないどれだけの感情を抱えこんでいるのだろう、と良鷹は幸の背中を見て思う。

「これ、お父さんが最後にくれたプレゼントやから……いっぱい読む」

幸は細い声で言った。うん、と鹿乃があいづちを打っている。

「わたしは、ほかの子と違ってて、おかしいん?　て、お父さんに訊いたん」

ぽつぽつと幸は話しだす。

「……誰かに、そう言われたん?」

鹿乃が訊くと、「学校の先生」と幸は答えた。

「おかしないよ、てお父さんは言わはって、この絵本、くれはった」

だから、『みにくいあひるの子』だったのか、と良鷹は理解する。灰色の雛がおかしいのではない、ふさわしい場所に行けば、仲間はいる。

「ええ本、くれはったな」

鹿乃が言い、幸はうなずく。亘の言いたかったことは、ちゃんと伝わっているようだ。

幸は絵本を胸に抱きしめた。ものも言わず、ただじっと体を丸めている。

良鷹は縁側に出て、幸のそばに座った。

「――幸」

そう呼ぶと、幸は一拍置いて、ゆっくりとふり返った。

「うちに来るか？」

幸は目をしばたたく。鹿乃が驚いたように目をみはった。

「お兄ちゃん、それって――」

「一時の預かりやない。ずっとうちで暮らすか、て意味や」

幸は、じっと良鷹を見あげて、真意をはかるような目をしていた。鹿乃はなにか言いたそうにそわそわしていたが、我慢しているようだった。

やがて、幸はこくりとうなずいた。鹿乃の顔が、ぱっと輝く。

「ほんまに？　うちに来てくれるん？　ほな、部屋を用意せなあかんな。あと、シーツとか、服とか――」

「服はあるだろ」

浮き立つ鹿乃に、慧が冷静に突っ込んでいる。良鷹は立ちあがった。

「真理子さんに言うてくる」

縁側を歩いて、玄関に向かう。途中で真理子に会った。

「幸を引き取ろうと思います」

そう報告すると、真理子は笑った。

「ああ、よかった。これで亘さんもひと安心してるはずやわ」

「そうですか?」

「そうや。亘さんはな、もし良鷹くんがあの子を引き取るて言うてくれたら、お願いしたい、て言うてはったんや。でも、こちらからは言いださんといてほしい、て。あくまで、良鷹くんが自発的にそう言うてくれたらでないと、て言わはった」

そうか、亘のいちばんの目的は、これだったのだ――と、良鷹は悟った。

なぜ、あんなにも策を弄《ろう》して良鷹をこの家に呼びたかったのか。

――幸を守ること。

それは一時的なことではなかった。幸をこのさき、ずっと守ってくれるひとに託さなくてはならなかった。

良鷹は胸の辺りを押さえる。そこに亘の手紙が入っている。

「……津守は、なんで俺に、そこまで託そうと思ったんでしょう」

わからない。ただ一度、言葉を交わしただけだ。そこまで信頼できるものを、良鷹は彼に提示していない。

「瞳が、僕とおなじやと思ったから」

真理子が言った。

「そう言うてはった。わたしもおなじようなこと、訊いたんや。なんで良鷹くんなのか、て。そしたら、そう言わはった。なんとなく、言いたいことはわかったわ。亘さんと良鷹くんは全然違うけど、でも、おなじものを持ってる気がする」

持ってなどいない。あんなにも澄んだ、静かな瞳など持っていない。あるとしたら、かなしみだけだ。それだけで？　娘を託すに足ると、そう思ったのだろうか。

良鷹は両親を亡くし、祖父を亡くし、祖母を亡くした。亘は両親を亡くし、祖父を亡くし、伴侶《はんりょ》を亡くした――だから、わかると思ったのだろうか。亘がどれだけ、幸を慈《いつく》しみ、かけがえのないものとして愛していたかを。

残された幸はまた、良鷹であり、鹿乃でもある。残されたもののかなしみも、身をもって知っている。

「……」

だが、良鷹には自信があるわけではなかった。幸にほかに行き場所がなく、また、鹿乃がいるから、引き取ることを決めたのだ。鹿乃なら、幸に寄り添える。だが、良鷹は――まだ、自分自身でさえも、かなしみのなかから動けずにいるのに。そんな自分が、どれほどのことを幸にしてやれるというのか。

「大丈夫。動けるよ」

良鷹は、はじかれたようにふり返った。辺りを見まわす。そばには、真理子しかいない。

「――真理子さん、いま、なにか言わはりました？」

真理子はきょとんとしている。「いいえ、なにも」

――いまの声は。

良鷹は、内ポケットに収めた亘の手紙を、背広の上から押さえた。

「そしたら、行こか」

鹿乃はボストンバッグに着替えをつめると、それを持って立ちあがった。教科書をつめたランドセルは、慧が持っている。

ひとまず、いくばくかの荷物とともに、幸を野々宮家につれてゆくことになった。ほかの荷物はおいおい、運ぶ予定だ。

幸はクマのポシェットをかけ、絵本を抱えて、良鷹の車に乗りこむ。鹿乃もそちらに同乗し、慧は自分の車で野々宮家に向かった。

「この家にも、ときどき来《こ》よな」

「ほんま？」

鹿乃が言うと、幸は顔をあげた。

「うん。掃除をして、風を通さへんと、あかんやろ。幸ちゃんの大事な家なんやし」

幸はうれしそうに、しかし控えめに笑った。かわいらしい。

「幸ちゃんは、洋間と座敷と、どっちがええやろ。洋間がええやろか。勉強せなあかんで、机と椅子があったほうがええもんな」

あれこれ考える鹿乃に、

「あんまりはりきりすぎると、熱出すで」

と、運転している良鷹が言う。

「大丈夫や。まだせなあかんことあるし」

「なんや？」

「着物。忘れんといて」

良鷹はそう言うまですっかり忘れていたのか、「ああ——そういや、そうやったな」と素朴に驚いた様子だった。

「着物？」と幸が不思議そうにする。

鹿乃は笑った。

「あのな、利光さん――幸ちゃんの曽お祖父さんが大事にしてた着物があるんや。これが、不思議な着物でな。うちの蔵には、そういう着物がほかにもあるんやけど……」

そうやって、鹿乃は蔵の着物のことを話した。幸は何度も目をみはり、ときには興奮したように頬を赤くして、目を輝かせた。

家に着くと、幸は口をぽかんと開けて赤煉瓦《あかれんが》の洋館を見あげていた。

「――ここ？」

「そうや。さ、なか入って、どの部屋がええか、見てこ」

屋敷のなかをひととおり案内して、二階の空いていた洋間の一室を幸の部屋に決める。ベッドや机などの家具はそろっているので、このまま住むのには困らない。椅子に座って、部屋を眺め回している幸に、「気がすんだら、下におりといで。お茶にするから」と告げて、鹿乃は階下におりた。良鷹が台所で紅茶を淹れている。アッサムのふくよかな香りがただよい、ミルクパンで牛乳があたためられていた。ミルクティにするつもりなのだ。慧はといえば、鹿乃手製のチョコチップクッキーを皿にとりわけていた。鹿乃は水屋簞笥《みずやだんす》の戸棚から、いただきもののマドレーヌをとりだす。籠《かご》に入れたそれを食堂のテーブルに置いて、そろそろ来るだろうかと鹿乃は階段のほうをうかがった。広間の扉が開いている。

「幸ちゃん？」

広間に入ると、幸が衣桁《いこう》の前に佇《たたず》み、着物を見あげていた。

「これがさっき言うてた着物や」

鹿乃は幸の隣に立つ。

「お花が真っ白や……」

幸はまじまじと着物を眺める。

「ほんまに、もとは色があったん？」

「そうなんやって」

「もとに戻るん？」

鹿乃はにこりと笑った。

「たぶんな」

幸が目を輝かせる。澄んだ瞳の奥で光がまたたくようだ。

「見たい」

「え？」

「もとに戻して」

「う──うん。そのつもりやけど──」

　いまお茶を、と言いかけるが、あまりにも幸が期待に満ちた目をしているので、鹿乃は口を閉じる。笑って、衣桁から着物を外した。

「ほな、ちょっと待ってて。着替えてくるから」

　着物を抱えて、広間を出る。台所から顔をのぞかせた慧に、「着替えてくる」と言い置いて、鹿乃は自室へと戻った。

　まず鏡の前で髪をまとめあげる。簡単に、三つ編みにしていた髪をまるめて軽くうしろでとめた。それから帯や帯揚《おびあ》げを選ぶ。

　帯は、〈紅葉賀〉にちなんで紅葉模様の刺繡帯を。帯揚げには青海波の地紋が入ったものを、帯留《おびど》めには、鳥甲はないので、烏帽子《えぼし》をかたどった彫金のものを光源氏に見立てる。烏帽子には菊が添えられていて、〈紅葉賀〉で光源氏は紅葉の挿頭《かざし》が散ってしまい、代わりに菊を挿しているので、ちょうどいい。

　鹿乃は着替えをすますと、ふたたび階下の広間に向かう。広間では良鷹や慧、幸がソファに座って待っていた。幸は良鷹の隣にちょこんと膝をそろえて座っている。慧がテーブルに置いてあったかんざしの箱を、鹿乃にさしだした。それを受けとり、蓋を開ける。

〈紅葉賀〉のかんざしだ。

このかんざしは、この藤の着物とともにあるべきものだ。この着物を、喪服のままに――藤衣のままにしておいてはいけない。

鹿乃はかんざしを髪に挿した。すると、幸が「あっ」と小さく声をあげ、あわてたように両手で口を押さえた。

じわりと水がにじむように、藤の花房《はなぶさ》が、上のほうから色づきはじめた。薄紫の色が広がり、そのあとを追うようにして、中心が濃くなる。濃い紫から薄い紫へ、ほんのりと色はぼかされ、やさしい色合いになってゆく。やわらかく、楚々《そそ》とした藤の花だった。風が吹けば、すぐに散りこぼれてしまいそうな儚さがある。しかし、地色の淡い緑と合わせて、初夏の清々《すがすが》しい明るさも持っていた。この着物は、利光から見たていそのものなのだろう。彼女を愛《いと》おしむ想いが、胸に染みこむように伝わってきた。

「ほんまに戻った……」

両手で口を押さえたまま、幸は目を真ん丸にしていた。

「なんでなん?」

鹿乃は笑う。

「幸ちゃんと、幸ちゃんのお父さんのおかげでもあるんやで」

そう言うと、きょとんとする。

「『みにくいあひるの子』のおかげや」
幸は、なんのことだかわからない、というふうに目をぱちぱちさせていた。

テラスは、いつになくにぎやかだった。良鷹は椅子にもたれかかり、さざなみのような笑い声を、聞くともなしに聞いていた。ふたつあるテーブルには、サンドイッチやマフィン、チョコチップクッキーといったものが並んでいる。すべて幸の好物だった。

今日は、幸の歓迎会である。あまり知らないひとをたくさん呼んでも幸が疲れるだろう、というので、慧以外でここにいるのは真帆と鹿乃の友人ふたりだった。真帆とは一度会っているから、初対面は梨々子《りりこ》と奈緒《なお》だけだ。人見知りする幸だが、あっけらかんとした梨々子と、不必要に干渉してこない奈緒には徐々に警戒を解いていったようだった。赤いワンピースを着て、三つ編みにした髪に赤いリボンをつけている幸は、ときおり控えめながら屈託のない笑みをこぼしている。会った当初は身構えて硬くなっていた幸も、一緒に暮らすうち、すこしずつ表情がやわらかくなり、笑顔と口数が増えていっている。

「幸ちゃん、馴染《なじ》んでますね」

サンドイッチをつまみながら、真帆が向こうのテーブルを眺めている。あちらには幸をはじめ、梨々子と奈緒、鹿乃がいる――鹿乃は席を外していたが。

「そやな」と答えつつ、良鷹は軽くあくびをする。サンドイッチやケーキで腹がふくれたせいだ。隣の席をちらりと見やる。そこは慧の席だったが、いまはいない。鹿乃とともにおかわりのコーヒーを淹れに行った。台所で仲睦《むつ》まじくコーヒーの用意をしているのかと思うと邪魔してやりたい気もするが、面倒なのでやめた。

「引き取ると聞いたときは驚きましたけど」

　真帆は良鷹に目を移す。

「亘さんは、そこまで見越していたんでしょうか」

「見越してたっちゅうか、してやられたっちゅうか……」

　結局、亘の願ったとおりに導かれたのだ。父親の執念というべきか。

「いきなり父親ですね、良鷹さん」

　真帆にそう言われて、良鷹は苦いものを飲みこんだ気分になった。

「父親て……兄やろ」

「お兄さんて歳じゃありませんよ」

　良鷹は真帆をじろりとにらむ。真帆は平気な顔でクッキーを口に放りこんだ。テーブルに置いた煙草の箱とライターをつかむと、良鷹はテラスを離れ、庭に出る。葉桜になった木にもたれかかり、煙草に火をつけた。ゆるい風に、吐きだした紫煙《しえん》が流れてゆく。

『大丈夫。動けるよ』

あのときたしかに聞いた亘の声が、いまも耳に残っている。良鷹は、動きだせたのだろうか。よくわからない。

「良鷹さん」

ぼんやりしていた良鷹は、声をかけられて下を見た。幸がそばにいた。

「なんや、どうした」

良鷹はパンツのポケットから携帯灰皿をとりだし、煙草の火を消す。

「これ……」幸は赤いワンピースのスカートを両手でつまんだ。

「買《こ》うてくれはって、ありがとう」

ぺこりと頭をさげる。このワンピースは、歓迎会をするというから、良鷹が買ってやったのである。白い襟《えり》のついた、上品な赤い色のワンピースだ。思ったとおり、幸の白い肌と黒い髪、独特の澄み切った瞳に映えていた。

「よう似合《にお》てるで」

そう言ってやると、幸ははにかむ。

「疲れたか？」

「ううん」

首をふってから、「楽しい」とつけ加えた。にこっと笑う。こんな表情もするようになった。日一日と変化があるようで、見ていると面白い。

テラスを見れば鹿乃と慧が戻ってきていたので、良鷹は「戻るか」と幸に声をかけて、桜の木から離れる。

「あんな、良鷹さん」

桜のそばで幸が言い、良鷹はふり返った。幸は良鷹ではなく、雪柳のあるほうを向いている。なんや、と口にしかけた良鷹は、幸の見ているほうを見て、言葉をとめた。

白猫がいる。白露だ。花を散らした雪柳の陰に座って、良鷹たちのほうをじっと見ていた。

「あの猫さんがな、言うてはる」

「え?」

「『いつ嫁をもらうんかと思てたら、嫁やのうて子供か』て」

良鷹は口を開け、白露と幸を交互に眺めた。白露は前脚で顔をこすっている。それからすっと立ちあがると、ちらりと良鷹を見て、雪柳のうしろに去っていった。

「『まあええわ、あんたが元気なんやったら』やって」

良鷹はしばらく口をきけなかったが、「……そうか」とようやく言った。

「ずっと心配してはったんよ、あの猫さん」

そう言われて、良鷹はまた言葉を失う。大きく息を吐き、「そうか」と繰り返した。

心配してくれていたのか。知らなかった。

芙二子の懸念は、鹿乃のことばかりだと思っていた。死後のことは良鷹に任せ、鹿乃を託したのだと。

──なに言うてんの。あんたもわたしの孫やで。

そう叱咤《しった》するように言う芙二子の声が、良鷹にも聞こえた気がした。

「お嫁さんが欲しいんやったら、わたしがええひと、さがしたる」

真面目な顔をして、幸がそんなことを言う。

「わたしを助けてくれた恩返しに」

「恩返して……鶴《つる》か」

「良鷹さんは、どんな女のひとがええの？」

「いや、嫁さんはいまのとこ、いらん」

「理想が高いん？」

「どこでそんな言葉覚えてくんねん」

「わたしの担任の先生がな、きれいな女の先生やよ。独身」

幸は新しい小学校に転校している。担任教師とは気が合うようだ。

「俺が結婚相手をさがしてるとか、あちこちで触れ回ってるんとちゃうやろな」

幸は黙る。

「おい」

「だって、あの猫さんが気にしてはったから」

良鷹は額を押さえる。最近、近所の婦人がたに見合い話をすすめられるのは、そのせいか、と合点《がてん》がいった。

幸はまずいことをしたのかと、顔をこわばらせてうつむいている。それに気づいて、良鷹は幸の頭を撫でた。

「まあ、ええわ」

幸は、ほっと顔から力を抜く。馴染んだように見えても、他人の家である。機嫌を損ねることを、幸は怖がっているようだった。今回のことも、よかれと思ってやったのだろう。役に立とうとしなくていいのだと、言ってもいまは伝わらないだろうか。

わしわしと頭を撫でていると、幸はくすぐったそうに笑う。それを見て、良鷹もちょっと笑った。

「幸ちゃん、オレンジジュースのおかわり、持ってきたよ」

鹿乃が手をふっている。幸は手をふり返して、走っていった。

日曜の昼下がり、鹿乃は自室で墨《すみ》をすっていた。良鷹は、幸とともにクッキーでのお菓子の家作りに挑戦している。遊びに来ている慧が指導役だ。面倒くさがりの良鷹が途中で匙《さじ》を投げないか、いささか心配だが、幸の手前、たぶんそんなことはしないだろう。思った以上に良鷹は幸の世話を焼き、かつ幸に甘かった。ほほえましくなるほど。

墨を置いて、鹿乃は筆を手にとる。ひとつ呼吸してから、紙に《目録》と書いた。蔵の着物の目録を、作り直そうとしているのである。

芙二子の作った目録を横に置いて確認しながら、丁寧に綴《つづ》ってゆく。《佐保姫《さほひめ》》《山眠る》《星の花》――そんなふうに記してゆくたび、そのときのことが思い出された。

芙二子の目録から書き写し、あるいは省いて、鹿乃はいったん筆を置く。芙二子の目録にあったものは、これですべて整理できた。あとは――。

鹿乃はふたたび筆をとる。目録の続きに、《藤衣》と記した。

《藤衣　淡萌黄地《うすもえぎじ》藤柄着物　津守利光》

書き終えた字をしげしげと眺めて、鹿乃はうなずく。

「うん、できた」

これでいい。芙二子が集めた着物を鹿乃が受け継ぎ、鹿乃のもとにもまた、着物は集まる。そしてそれをまた、誰かが継いでゆくのだろう。

鹿乃は椅子から立ちあがると、書き終えた目録を手に、台所にいる良鷹たちのもとへ向かった。

あとがき

　このシリーズを最後まで読んでくださって、どうもありがとうございました。本編はこれで終わりますが、春ごろ番外編が出る予定ですので、そちらも読んでいただけたらうれしいです。

　大学時代、京都《きょうと》の寺町二条《てらまちにじょう》に住んでいました。そのころの思い出が、いまだに私のなかに根強く残っています。近くにお茶のお店が二軒ほどありましたので、お茶を焙《ほう》じるいい香りや、京町家の家並み、骨董《こっとう》店の軒《のき》先に並ぶ雑多な古い物の数々、大学への通学路として使っていた京都御苑《ぎょえん》の光景、鴨川《かもがわ》の輝く水面《みなも》……といったことが、物語を綴《つづ》るたびに懐かしく思い出されていました。

　記憶だけでは心もとなかったので、何度か取材のために京都に足を運びましたが、そのたび大学生当時とはまた違った、新鮮な味わいがありました。当時と変わらないものもあれば大きく様変わりしたものもあり、はるか昔のものといまのものが混在する京都の姿は、そのままこのシリーズのテーマであったように思います。

シリーズを続けてゆくなかで、応援や感想のお手紙もたくさんいただきました。拝読するたび、励まされていました。どうもありがとうございます。

オレンジ文庫からは、『下鴨アンティーク』のほか、『契約結婚はじめました。～椿屋敷の偽夫婦～』というシリーズも出ています。タイトルのとおり、偽夫婦の物語ですが、よろしければお手にとってみてください。こちらも春に三巻が出る予定です。また、べつの新作も同じころにオレンジ文庫から刊行を予定していますので、気に留めていただけたら幸いです。

次ページからおまけの短い話が載っています。「白鳥と紫式部」のすこしあとの話です。彼らの今後を、どうぞ自由に想像してみてください。皆さまのなかで、これからも鹿乃《かの》たちが生き続けていってくれたら、うれしく思います。

二〇十七年十一月　白川紺子

「そやから、やめよて言うたのに」

「おかしいな。あの折りかたやったら、まっすぐ飛ぶはずやったのに」

飛んでへんやん、と泣きべそをかく澪《みお》に、新《あらた》は蔦《つた》のからまる錬鉄《れんてつ》の門からなかをのぞきこんだ。赤煉瓦《あかれんが》の大きな屋敷の、裏庭が見える。薄暗い庭の片隅にある榊《さかき》の枝に、新の作った紙飛行機がひっかかっていた。

「このお屋敷、最近、子供の幽霊《ゆうれい》が出るて噂《うわさ》なんやで。いつも静かでひとが住んでるんかわからへんし、なんや不気味やし……」

「ちょっとのぼったらとれそうやで、飛行機」

噂話にはとり合わず、門を開けようとする新に、「なか入る気なん?」と澪は青ざめる。

「入らなとれへんやないか」

「だって……」

押し問答をしていると、澪がはっとしたように裏庭のほうを見た。いつのまにいたものか、建物の陰《かげ》から白い猫がこちらを見ている。新雪のような輝く毛並みの、美しい猫だ。猫はふいと目をそらすと、悠然《ゆうぜん》と歩いて、木陰に姿を隠した。その瞬間に消えたようにも思えた。

じ。

「白露《しらつゆ》」

　子供の声がして、猫が出てきた建物の陰から、今度は女の子が出てくる。新たちとおなじ年ごろの少女だった。三つ編みに白いワンピース姿で、きれいな顔をしている。澪が小さな悲鳴をあげて新のうしろに隠れた。幽霊だと思ったらしい。

　少女は新を見て、足をとめる。猫のように、じっとこちらをうかがっていた。

「……誰？」

　警戒もあらわな声に、新は枝にひっかかった紙飛行機を指さす。

「ひっかかってしもたんや。とらしてくれへん？」

　それから背後の澪に、「あれ、幽霊とちゃうぞ」と小声で教えた。「ほんまに？」と澪がこわごわ、顔をのぞかせる。

　少女は紙飛行機と新たちを見比べて、くるりと身を翻《ひるがえ》すと、もと来たほうへと駆けていった。無視されたのかと思いきや、少女は大人の男性をつれて戻ってきた。こちらもきれいな顔をしていたが、少女とは似ていない。とっつきの悪そうな、無愛想な男性だった。彼は少女が指さす枝を見て、「ああ、あれか」とつぶやくと、大股で近づいてきた。

「ほら」男性は造作もなく枝から紙飛行機をとると、新にさしだした。

「お兄ちゃん、幸《ゆき》ちゃん？」

またひとり、建物の陰からひとが現れる。十代後半くらいの、着物姿の少女だった。彼女は新たちに気づいて、にこりと笑う。花がかぐわしい香りとともに開いたような笑顔だった。

「幸ちゃんのお友だち？」

新は、ぼんやりと彼女に見惚《みと》れながら首をふった。幸と呼ばれた少女も「違う」と首をふっている。

「そうなん？　でも、ちょうどええわ。いまケーキが焼けたとこなんよ。よかったら、一緒に食べへん？」

ケーキと聞いて、現金にも澪が新のうしろから出てくる。「チーズケーキやで」という言葉に、澪の目が輝いた。男性が門を開ける。新と澪は、よくわからない場所に入る怖さと、チーズケーキの誘惑のあいだで揺れて、顔を見合わせた。門の向こうには、美しいひとたちと、赤煉瓦の洋館と、わずかにただようチーズケーキのにおいがある。

新は澪の手をとると、門のなかへと一歩、足を踏み入れた。

主要参考文献

『日本民俗語大辞典』石上堅（桜楓社）
『日本の通過儀礼』八木透・編（思文閣出版）
『フィールドから学ぶ民俗学　関西の地域と伝承』八木透・編著（昭和堂）
『新潮日本古典集成　山家集』後藤重郎　校注（新潮社）
『西行全歌集』久保田淳・吉野朋美　校注（岩波文庫）
『西行』白洲正子（新潮文庫）
『桜の園』チェーホフ・作　小野理子・訳（岩波文庫）
『源氏物語　第二巻』玉上琢彌　訳注（角川ソフィア文庫）
「近世における『源氏物語』の浸透――伊達紋・袱紗・櫛・簪の雛形本に注目して――」
（『同志社国文学』第六十六号）小島由子（同志社大学国文学会）
『華族　近代日本貴族の虚像と実像』小田部雄次（中公新書）
『華族家の女性たち』小田部雄次（小学館）
『ある華族の昭和史』酒井美意子（講談社文庫）
『京都に残った公家たち　華族の近代』刑部芳則（吉川弘文館）

※この作品はフィクションです。実在の人物・団体・事件などにはいっさい関係ありません。

集英社オレンジ文庫をお買い上げいただき、ありがとうございます。
ご意見・ご感想をお待ちしております。

● あて先
〒101-8050　東京都千代田区一ツ橋2-5-10
集英社オレンジ文庫編集部 気付
白川紺子先生

下鴨アンティーク

白鳥と紫式部

集英社
オレンジ文庫

2017年12月19日　第1刷発行

著　者　白川紺子
発行者　北畠輝幸
発行所　株式会社集英社
〒101-8050東京都千代田区一ツ橋2-5-10
電話　【編集部】03-3230-6352
【読者係】03-3230-6080
【販売部】03-3230-6393（書店専用）
印刷所　株式会社美松堂／中央精版印刷株式会社

※定価はカバーに表示してあります

ISBN 978-4-08-680163-8 C0193